DÍPTICO

EMILIA PARDO BAZÁN

Las cuatro de la tarde ya y aún no se ha levantado un soplo de brisa. El calor solar, que agrieta la tierra, derrite y liquida a los negruzcos segadores encorvados sobre el mar de oro de la mies sazonada. Uno sobre todo, Selmo, que por primera vez se dedica a tan ruda faena, siéntese desfallecer: el sudor se enfría en sus sienes y un vértigo paraliza su corazón.

¡Ay, si no fuese la vergüenza! ¡Qué dirán los compañeros si tira la hoz y se echa al surco!

Ya se han reído de él a carcajadas porque se abalanzó al botijón vacío que los demás habían apurado...

Maquinalmente, el brazo derecho de Anselmo baja y sube; reluce la hoz, aplomando mies, descubriendo la tierra negra y requemada, sobre la cual, al desaparecer el trigo que las amparaba, languidecen y se agostan aprisa las amapolas sangrientas y la manzanilla de acre perfume. La terca voluntad del segadorcillo mueve el brazo; pero un sufrimiento cada vez mayor hace doloroso el esfuerzo.

Se asfixia; lo que respira es fuego, lluvia de brasas que le calcina la boca y le retuesta los pulmones. ¿A que se deja caer? ¿A que rompe a llorar? Tímidamente, a hurtadas, como el que comete un delito, se dirige al segador más próximo:

-¿No trairán agua? Tú, di, ¿no trairán?

-¡Suerte has tenido, borrego! Ahí viene justo con ella La Sordica...

Anselmo alza la cabeza, y, a lo lejos sobre un horizonte de un amarillo anaranjado, cegador, ve recortarse la figura airosa de la mozuela, portadora del odre, cuya sola vista le refrigera el alma.

De la fuente de los Almendrucos es el agua cristalina que La Sordica trae; agua más helada cuanto más ardorosa es la temperatura; sorbete que la Naturaleza preparó allá en sus misteriosos laboratorios, para consolar al trabajador en los crueles días caniculares.

¡Si Anselmo no se contiene al encuentro de la zagala, saltaría, a manera de corzo, cuando ventea el manantial cercano!

Como si La Sordica adivinase dónde estaba el más sediento, el más ansioso de aquellos desheredados, recta venía hacia Anselmo, gallardamente enhiesta para sostener el odre mejor, y en la mano una cantarita de añadidura, una cantarita de barro salpicada de divinas gotas de humedad, que a la luz del sol relucían como sueltos brillantes...

Y llegándose al segador novicio -leyendo en su cara amortecida la necesidad- le tendió la cantarita, a la cual pegó Anselmo los labios con un suspiro violento, que parecía un sollozo...

Al anochecer, cuando los enormes carros iban camino de las eras, cargados de gavillas, Selmo y La Sordica volvían juntos, por la senda que rodea el lugar; y el mozo decía a la zagala, muy cerca del oído, sin duda a causa del defectillo que declara el apodo:

-Na, mujer; en la chola se ma ha metío y en el querer muy aentro... Tú vas a ser mi novia... No me des un esaire, borrega, que me gustas más que el agua de tu cantarita...

¿No la visteis al cruzar la esquina, a la viejecita del pelo más blanco que los copos de la nieve, detenidos en los aleros de los tejados, de tez rancia como el marfil, de dentadura cabal y firme todavía, sin postizo ni engañifa alguna? Las curtidas y arrugadas manos con que, manejaba la badila revolviendo las castañas en el tostador dicen a voces la vida de labor incesante; la venerable calma de la frente y la limpidez de los ojos, que debieron de ser hermosos a los veinte años; la tranquilidad de la conciencia... Sentada en la bocacalle, al margen de la acera, procurando no estorbar con su humilde comercio a los transeúntes, en primavera, vendía lilas, clavellinas y rosas "de olor"; pero apenas asomaba el frío, saliendo a relucir las primeras "pañosas", establecía su puesto de castañas asadas, y allí la tenían los chiquillos golosos de la escuela y los estudiantes que van a la Universidad y al Instituto, despachando la mercancía con una afabilidad y un desinterés señoril...

Generosa y franca, a fuer de española neta, jamás escatimó la ración al niño que, tiritando, alarga su "perra chica", ni al mozo que, riendo, suelta la peseta en el regazo; jamás regateó y jamás pidió limosna. Ahogos y miserias, crujidas y hasta enfermedades sospechamos que se las pasó la Tía Celesta muy agazapada, en su sotabanco de la Ronda; pero ¿extender ella aquella mano? Primero se moriría. Era preciso oírla cuando se expresaba en confianza. "Trabajar, sí, señor; que ésa es la ley del pobre..., digo del pobre honrado. Con mi trabajo me he mantenido y nadie ha tenido que avergonzarme ni de moza ni de vieja... Y ya, ¿pa qué voy a pedir? To me sobra. ¡Con setenta y seis que cumplí el día de Santos...! Se me murió mi hija; crié un nieto que quedaba y se me escapó; dicen que sa embarcao pa las Américas, porque era codiciosillo y quería hacer un fortunón... A mí, que la Virgen no me quite mi cocido y mi catre..."

Y cuando insistíamos para saber si no aspiraba a algo, murmuró confidencialmente la Tía Celesta:

-Me pide el cuerpo, con este frío barbero, otro mantón abrigadito, que el puesto ya parece de telaraña... Y el caso es que me conviene que venga todavía más frío, más nieve, más escarcha...; así venderé más castañas calientes, y pue que junte pa el mantón... Ya llevo tres reales en un décimo... Mientras, está una aterecía..., y, por otra parte, achicharrá...

La mañana en que Tía Celesta expresó tan modestas aspiraciones (¡qué mañana!; se helaban las palabras en la boca) fue la última que la vio ocupar su puesto y revolver las castañas, sobre la hornilla. Desapareció... "Estará acatarrada..." Buen catarro debía de ser, que pasaron las Navidades y llegaron los Carnavales sin que la castañera volviese a su sitio de costumbre. Y tampoco, cuando los últimos cierzos de la Sierra soplaron ya fatigados sobre Madrid, se presentó, cual otros años, ofreciendo los precoces narcisos, que anuncian la resurrección de Flora...

Seguramente la Tía Celesta había logrado el mantón con que soñaba; un mantón color de tierra, que no se rompe, que no se gasta y que abriga de una vez...

Las dos hermanas se encontraron en el estrecho pasillo; casi se tropezaron, y se dieron un beso, siendo de cariño a pesar de lo tristes que estaban. La mayor, Dionisia, venía del cuarto de la madre enferma, trayendo una taza de caldo vacía ya; la menor, Germana, de la cocina, de calentar por sus manos un parche cáustico. La penosa y quebrantadora faena de enfermeras, la vigilia y las inquietudes habían empalidecido y ajado sus caras graciosas, donde esplendía, antes, fresca y atractiva, la "belleza del diablo".

-¿Cómo queda ahora? -preguntó Dionisia.

-Me parece que peor... Con mucha fatiga, ¿sabes?

-¿Recado al médico?

-No quiere.

-¡Aunque no quiera...!

Suplicantes, momentos después balbuceaban al oído de la paciente... Era necesario que viniese el doctor; con que recetase un calmante, aquel acceso pasaría...

Respiroteaba la señora como pez a quien sacan de su elemento y dejan temblar sobre la playa en anhelo agónico. Desmadejada, azulosa la tez, sus labios morados se abrían desmesuradamente, queriendo beberse todo el aire del mundo. Las hijas, conteniendo el sollozo, la auxiliaban como podían; dábanle fricciones suaves, la incorporaban, abrían la ventana de par en par. El parche, olvidado, se enfriaba sobre la mesa de noche. Al fin se aquietó un poco; la respiración era más fácil y franca. Pudo hablar:

-Ahorrad médico. Lo indispensable. Acordaos de que cada visita cuesta un duro.

Ante el gesto de desinterés de indiferencia de las muchachas, la señora añadió, no sin esfuerzo doloroso, terrible:

-Es que no sabéis de la misa la media... Creéis que únicamente hemos bajado de posición... Ayer me entregasteis carta del tío Manolo, que ha terminado la liquidación de nuestra fortuna... Estamos completamente arruinadas, y aún peor: estamos alcanzadas en seis mil y pico de duros. ¿Qué tal?... Llamad médico, llamad médico... ¡Si al fin yo duraré pocos días, y no hay médico en el mundo que pueda curarme! Con este golpe..., lo he sentido; se me ha descompuesto algo dentro, en el corazón... ¡Pobres pequeñas mías! ¡Ánimo, no lloréis!...

Era tardío el encargo, Dionisia y Germana, abrazadas, se mojaban recíprocamente los rostros con el llanto ardiente y salado de las grandes amarguras... La primera en dominarse fue la menor; arrastró fuera de la habitación a la mayor y la llevó hacia una salita amueblada con cierto lujo, reliquia del bienestar antiguo.

-¿Qué va a ser de nosotras? -tartamudeó hipando aún Dionisia.

-Trabajaremos -decidió Germana prontamente-. Y desde hoy mismo. No en balde nos llaman Manitas de oro. No creas que aguardaré a que mamá se muera, a que nos echen de esta casa y perdamos nuestra única esperanza de salvación.

-Y, por mucho que trabajemos, ¿crees tú que sacaremos para vivir?

-De seguro. Y para volver a tener coche.

-¿Y los intreses de la deuda de los seis mil? Porque hay que pagarlos, ¿entiendes?

-¡Vaya si hay que pagarlos! -murmuró pensativa, lacrimosa, Germana-. No vamos a dejar en vergüenza la memoria de mamá. Sólo que entonces..., habrá que trabajar de otro modo.

-¿De qué modo? -interrogó, recelosa, Dionisia.

-Yo me entiendo.

-No vayas a hacer una de las tuyas...

Vistióse Germana con elegancia y coquetería: traje sastre de fino paño marrón; toca azul, donde anidaba un pajarito tornasolado; tomó un coche y fue recorriendo las casas de las amigas de antaño, que se mostraban frías o, por lo menos, alejadas, desde el momento en que "las de Ramos" se encontraron en mala situación económica... Donde la recibían, Germana entraba decidida, sonriente bajo el velito de motas; un ramillo de violetas naturales, preso en la solapa, la anunciaba con la discreta brisa de su perfume; y soltaba el discurso, no en tono suplicante, sino como el que pide lo que se le debe.

-No estamos lo que se dice en grave apuro, eso no; sin embargo, hemos sufrido pérdidas... ¡Fígurate que vivíamos con tanto lujo...! Cuesta, cuesta el acostumbrarse a recortar gastos. Echamos de menos el coche, los abonos, los viajes. En vista de esto -añadía precipitadamente la niña al notar las nubes de desconfianza y precaución que iban cubriendo la faz de su interlocutora-, hemos resuelto ser en breve más ricas que nunca. Yo tengo disposición, buen gusto, algo de chic. He aceptado la representación de una modista muy elegante de Biarritz, la que nos vestía antes; este traje es de ella... Reproduciremos aquí sus modelos con alguna rebaja, naturalmente... Haremos las toilettes y los sombreros; todo completo. Pago, eso sí, al contado; la modista nos lo exige... Hemos montado taller. Conque, querida, a ver si nos ayudas..., ¿eh? No te pido otro favor... Es en ventaja tuya; vestirás bien con menos sacrificio, y lo que lleves será igual, como que es el modelo, a lo que otras traigan de casa madama Lagazc... Te dejo las señas. Corre la voz... Ven a casa a ver los modelitos...

Los confeccionó ella misma, con trapos suyos, sobre maniquíes de alambre de unas cuantas pulgadas de alto. Había el traje de sociedad, el de calle, el de abrigo y hasta el alborotado, insolente, enorme sombrero. La fiebre de la inspiración hacía que Germana ni tuviese tiempo de notar que su madre empeoraba. Dionisia, desesperanzada y temblona, lloraba por los rincones. Germana, valerosa, esperaba las parroquianas seguras. Al espejuelo de la elegancia extranjera, la mujer acude, y acudió. Dos antiguas amigas se encargaron trajes sastre; tres o cuatro desconocidas, abrigos y sombreros; una dama de alto copete pidió el traje de sociedad muy aprisa, a plazo fijo, para comida y baile en la Embajada de Rusia...

-Oye, Dionisia -suplicó Germana, con voz rota por la emoción-: coge, sin que mamá te vea, todo el dinero que tenga ella en su armario... hay que adelantar tela, los adornos...

-No me atrevo... ¡Coger, así, del armario! ¡Las economías de mamá!

-¿Prefieres pedir limosna?

La energía sugestiona, la resolución fascina. Dionisia se apoderó de la cantidad, y los trajes empezaron a surgir. Las hermanas no dormían, no comían ni vivían. La enferma hubo de notar algo extraño.

-¿Qué os pasa? ¡Qué raras estáis! ¿Por qué me deja Germana sola tanto tiempo? ¿A qué se dedica? ¡Ingrata! Que venga...

Una mañana, el ahogo de la señora fue más largo, o las fuerzas se hallaban más agotadas tal vez... Sobre el brazo de Dionisia cayó la inerte cabeza de la madre, libre ya de penas y sufrimientos, bañada en eterno reposo. Las hijas, arrodillándose al pie de la cama, sollozaban sin consuelo. Se oyó sonar la campanilla imperiosamente.

-¡Llaman!... -gimió Dionisia.

-¡Es la parroquiana del traje de sociedad!... ¡La había citado a esta hora! Viene a probar -hipó Germana, levantándose.

-¿Vas a recibirla? -reprobó la hermana mayor.

-¡Ya lo creo!...

Y Germana, limpiándose las lágrimas, salió aprisa.

-¿Llora usted? -preguntábale entre compadecida y curiosa la cliente, mientras ahuecaba con el dedo un pliegue del cuerpo escotado, para señalar la arruga.

-Sí, señora. Acabo de saber que se me ha muerto una parienta... allá en Andalucía.

-¿Cercana?

No mucho... Pero la queríamos... ¿Le gusta a la señora el escote bajo, o sin hombreras? Ahora se llevan poco...

-Más bajito..., así... Que no me falte usted mañana, ¿eh? Espero el vestido por la tarde...

Al día siguiente -horas después del entierro- Germana cobraba la primera toilette de las que hicieron la reputación de las famosas hermanas Ramos. Se ganaba en el traje sobre unas trescientas pesetas.

-Si yo confieso mi verdadera situación -decíame Germana, al referirme su escondida tragedia-, o me vuelven la espalda o me dan unas "perras" de limosna... Hay que pedir con soberbia y para lujo; no para comer...

EL DISFRAZ

La profesora de piano pisó la antesala toda recelosa y encogida. Era su actitud habitual; pero aquel día la exageraba involuntariamente, porque se sentía en falta. Llegaba por lo menos con veinte minutos de retraso, y hubiese querido esconderse tras el repostero, que ostentaba los blasones de los marqueses de la Ínsula, cuando el criado, patilludo y guapetón, le dijo, con la severidad de los servidores de la casa grande hacia los asalariados humildes:

-La señorita Enriqueta ya aguarda hace un ratito... La señora marquesa, también.

No pudiendo meterse bajo tierra, se precipitó... Sus tacones torcidos golpeaban la alfombra espesa, y al correr, se prendían en el desgarrón interior de la bajera, pasada de tanto uso. A pique estuvo de caerse, y un espejo del salón que atravesaba para dirigirse al apartado gabinete donde debía de impacientarse su alumna, le envió el reflejo de un semblante ya algo demacrado, y ahora más descompuesto por el terror de perder una plaza que, con el empleíllo del marido, era el mayor recurso de la familia.

¡Una lección de dieciocho duros! Todos los agujeros se tapaban con ella. Al panadero, al de la tienda de la esquina, al administrador implacable que traía el recibo del piso, se les respondía invariablemente: "La semana que viene... Cuando cobremos la lección de la señorita de la Ínsula..." Y en la respuesta había cierto inocente orgullo, la satisfacción de enseñar a la hija única y mimada de unos señores tan encumbrados, que iban a Palacio como a su casa propia, y daban comidas y fiestas a las cuales concurría lo mejor de lo mejor: grandes, generales, ministros... Y doña Consolación, la maestra, contaba y no acababa de la gracia de Enriquetita, de la bondad de la señora marquesa, que le hablaba con tanta sencillez, que la distinguía tanto...

Todo era verdad -lo de la sencillez, lo de la distinción-, pero la profesora no por eso se sentía menos achicada -hasta el extremo de emocionarse- cuando la madre de esa alumna, siempre vestida de terciopelo, siempre adornada con fulgurantes joyas, le dirigía la palabra, le hablaba de música... Porque la marquesa de la Ínsula, que no sabía ni cuáles eran las notas del pentagrama, disertaba a veces con verbosidad, repitiendo lo que oía decir a los entendidos en su platea. Y doña Consolación, sin enterarse de lo que explicaba aquella voz tan suave, a menudo imperiosa en su dulzura, contestaba indistintamente.

-Verdad... Así es... No cabe duda... Tiene razón la señora...

¡Si por culpa de la tardanza perdiese la lección! ¡Si, al verla entrar, la marquesa hiciese un gesto de contrariedad, de desagrado! El corazón fatigado de la profesora armaba un ruido de fuelle que la aturdía... Se detuvo para tomar aliento. Y, en el mismo instante, oyó que la llamaban con acento cordial, afectuoso. Era su discípula.

-¡Doña Consola! ¡Doña Consola! -repetía la niña, en el tono del que tiene que dar una noticia alegre-. Venga usted... ¡Hay novedades!

"Doña Consola" corrió, no sin grave peligro de enganche y caída. La marquesa, llena de cortesía, se había levantado, de lo cual protestó la maestra, exclamando:

-¡Por Dios!

La chiquilla batía palmas.

-¡Mamá, mamá, díselo pronto!...

-Dame tiempo... -contestó risueña la madre-. Doña Consolación, figúrese usted que deseamos... Vamos a ver: ¿no tiene usted muchas ganas de oír Lohengrin?

-Yo...

La profesora se puso amoratada, que es el modo de ruborizarse de los cardíacos.

-Yo... ¡Lohengrin! ¡Ya lo creo, señora! -prorrumpió de súbito, en involuntaria efusión de un alma que hubiese podido ser artista si no fuese de madre de familia obligada a ganar el pan de tres chiquitines-. ¡Ya lo creo! Sólo una vez oí una ópera... ¡y hace tantos años ya! ¡Y Lohengrin! Se dice que lo cantan divinamente...

-¡Oh! ¡Ese Capinera! ¡Y la Stolli! ¡Si es un bordado! Bueno; pues se trata de que esta noche tenemos dos asientos...

El amoratado fue morado oscuro. ¿Estaría soñando? ¿La convidaban al palco? ¿Al palco, con la marquesa?

-Son dos butacas que le han enviado a nuestro jefe -prosiguió la dama-, y yo no sé por dónde lo ha sabido este diablillo de Enriqueta, que además ha averiguado que el jefe no quiere aprovechar esas localidades, ni para sí ni para su hijo; ¡prefieren irse a Apolo!... Y ha sido su discípula de usted quien ha pensado en seguida...

-¡Mil gracias, Enriquetita!... ¡Mil gracias, señora! -balbució la maestra, ya recobrada de su primera emoción-. Agradezco tanta bondad, y disfrutaría mucho oyendo la ópera, que no conozco sino en papeles...; pero ni mi esposo ni yo tenemos ropa..., vamos..., como la que hay que tener para ir a las butacas del Real.

-¡No importa! -gritó Enriqueta, que no renunciaba a su benéfico antojo-. Mamá le da a usted un vestido bonito... ¿No lo dijiste? -añadió, colgándose del cuello de su madre como un diablillo zalamero, habituado a mandar-. ¿No dijiste que aquel vestido que se te quedó antiguo, de seda verde? ¿Y el abrigo de paño, el de color café, que no lo usas? ¿Y ropa de papá, un frac ya antiguo, para el marido de doña Consola?

-Sí, todo eso es verdad -confirmó la marquesa-. Y si doña Consolación no tiene inconveniente...

La profesora no sabía lo que le pasaba. Ignoraba si era pena, si era gozo, lo que oprimía su corazón enfermo y mal regulado. Pero Enriquetita, tenaz, aferrada al capricho bondadoso y a la diversión de la mascarada, insistía.

-¡Doña Consola! ¡Doña Consolita! Mire usted que lo pasará divinamente. Verá: mandamos un recado a su señor esposo, y le traen en un coche. Usted ya no se va. Les darán de cenar aquí. Toinette les viste...

-¿También va Toinette a vestir al marido de doña Consolación? -preguntó la marquesa, contagiada del buen humor de la chiquilla.

-No; quise decir que Toinette la viste a usted, y a su marido le viste Lino, el ayuda de cámara de papá. ¡Ande usted, diga que sí!... Luego les tomamos otro coche, ¿no dijiste que se lo tomabas mamá?, y se van ustedes al teatro.

La marquesa hacía señales de aprobación, y, entre tanto, la maestra meditaba... ¡Desnudarse delante de aquella Toinette, la doncella francesa, remilgada y burlona, que veía la ropa interior desaseada, los bajos destrozados, el corsé roto, de pobre dril gris! ¡Mostrar los estigmas de la miseria sufrida heroicamente, la flojedad de las carnes, que olían al sudor enfriado de tantas caminatas hechas a pie, por ahorrarse los diez céntimos del tranvía! ¡Enseñar su faldilla de barros, con el desgarrón, que no había tenido tiempo de remendar! Una vergüenza, una humillación dolorosa, la impulsaban a gritar: "No, no iré; no me vestirán de carnaval con la librea de lujo..." Pero los ojos preciosos, límpidos, de Enriqueta expresaban tan buena voluntad, tal afectuoso empeño de proporcionar a su profesora, por una noche, los goces de los privilegiados, que doña Consolación tuvo miedo de negarse a aquella humorada o gentil travesura. "Pueden quedar descontentos... Puedo perder esta lección de ricos, los dieciocho duros al mes, casi tanto como gana Pablo con su empleo..." Y en voz alta, tartamudeó:

-Pues lo que quiera Enriquetita... Lo que quiera...

Dos horas después estaba vestida y peinada doña Consola. Sobre su ropa blanca, perfumada de foin, crujía la seda musgo del traje, antiguo para la elegante marquesa, en realidad casi de última moda, primorosamente adornado con bordados verde pálido y rosas en ligera guirnalda; en la cabeza, un lazo de lentejuela hacía resaltar el brillo del pelo castaño, rizado con arte. Las mangas de la almilla de algodón habían estorbado, porque la manga del traje terminaba en el codo; pero Toinette, con alfileres, lo arregló, y la maestra lucía guantes blancos, largos, que le hacían la mano chica. Enriqueta bailaba de contento. No hacía sino contemplar a su profesora y repetir:

-¡Si se ha vuelto tan guapa! ¡Si no parece la de los demás días!

Bajaban la escalera interior doña Consolación y su consorte, para meterse en el cochecillo, y apenas se atrevían a mirarse; tan raros se encontraban, él de rigurosa etiqueta, envarado; ella, emperifollada, sintiéndose, en efecto, bonita y rejuvenecida dos lustros... Al arrancar el simón, el marido murmuró, bajo y como si se recatase:

-¿Sabes que me gustas así?

Y ella -pensando que al otro día iba a recobrar sus semiandrajos, su traje negro, decente y raído, y que la vida continuaría con los ahogos económicos y físicos, las deudas y los ataques de sofocación al subir tramos de escaleras- se echó en brazos de él y rompió en sollozos.

Aun sin pecar de timorato había motivo sobrado para escandalizarse con aquella conversación de última hora. Terminaba la magnífica fiesta del club, a bordo del vapor fletado expresamente para presenciar desde él las regatas, donde corría el equipo de la sociedad, y las señoras invitadas -lo mejor de la población- regresaban ya a tierra, al suave deslizar de esquifes y botes sobre el agua oleosa y verde apenas picada por la salitrosa brisa que se alza al anochecer. Los caballeros -al menos una parte de ellos, la más animada y jaranera- se habían quedado solos ante no pocas botellas intactas de excelente Clicquot y bandejas colmadas de emparedados frescos, y aprovechaban la ocasión de alegrarse sin ordinariez, con cierto tono de ricos calaveras, aunque distasen mucho de serlo todos.

Había entre ellos no pocos padres de familia, excelentes y caseros; bastantes modestos empleados, oficiales de la guarnición, y, por excepción, algunos célibes y muchachos de humor, hijos de familia mimados y alegres. Lo mismo éstos que aquéllos reían a carcajadas, rompían el gollete de las botellas, por no aguardar a que las descorchasen, contra las barras del puente, y discutían exagerando las opiniones bajo el influjo del espumoso.

La luna salía, roja e inflamada, y un misterio romántico, una voz extraña y sugestiva parecía ascender del oleaje denso, cuyo chapaleteo esparcía soplos salobres.

En el grupo más gárrulo y vocinglero se hacía abierta profesión de incredulidad religiosa. Las cabezas calientes se expansionaban con alarde de franqueza. De los allí reunidos, ninguno admitía ciertas cosas..., vamos..., eso que las mujeres se empeñan en que se ha de admitir y que repugna a la razón. Una cosa es que no vaya uno por ahí buscando ruidos..., y otra que en lo interno... Y sonreían y alzaban los hombros. Nadie quería -entre los casados- guerra en casa. Ante todo, ¡la buena armonía! Y además, los hijos, el ejemplo... Sólo el incorregible don Zósimo Guijarro, concejal, personal enemigo de Dios Nuestro Señor -amén de dueño de un buen surtido almacén de ferretería-, no estaba conforme, y gritaba que era preciso hablar muy claro y muy alto, acabar con las pamemas y las pamplinas, aunque chillasen las señoras. ¡Ya callarían! Cada marido manda en su hogar, manda en jefe..., y es un tío calzonazos si se deja arrollar por el cura. ¡A él con ésas!

-Pero usted es soltero, don Zósimo -arguyó el presidente del club, dándole en el hombro la clásica palmada de la confianza española-. Usted no tiene que guardar respetos a nadie.

-Ni los guardaría.

-Eso se dice pronto, pero...

-Capaz soy de casarme dentro de un mes para enseñarles a ustedes cómo se llevan los pantalones. ¡Baraja!

Y una ristra de vocablos de los que no figuran en el Diccionario, a pesar de oírse a cada momento por doquiera, salió de la boca airada del almacenista. La cual, de pronto, quedó muda y abierta, mientras en la cara rojiza se pintaba una especie de terror, mezclado con extrañeza profunda. Se volvieron todos hacia donde miraba él, y entre la penumbra que empezaba a envolver el puente distinguieron algo que también les paralizó. Y no era basilisco ni dragón espantable ni viperina testa de Medusa, sino un ciudadano que a primera vista se confundiría con otro cualquiera; un vulgar burgués, que subía la escalera del entrepuente y avanzaba con timidez, a paso receloso y zopo. Eran su andar y su actitud algo que recortaba involuntariamente al insecto sombrío que al morir la luz sale de su guarida, temiendo que un pie lo aplaste; había en él cautela y disimulo, conciencia de que no debía mostrarse y ansia de que se perdonase su importuna presencia.

-¿Le ha convidado usted? -preguntó, al fin, por lo bajo, Mauro Pareja, uno de los más antiguos socios del club, al presidente, visiblemente contrariado.

-¿Yo? ¡Líbreme Dios! Pero ya sabe usted lo que pasa en estas fiestas... Se cuela el que se le antoja...

-No se le ha visto antes... ¿Dónde estaría agazapado?

-¡Junto al carbón y como las cucarachas! -bramó don Zósimo.

Y cerrando enérgicamente el puño derecho, dejó asomar el pulgar entre el índice y el dedo corazón: la higa típica, popular.

Muchos del grupo le imitaron; otros presentaron los cuernos, a la napolitana, con índice y meñique; y dos o tres muchachos jóvenes, afectando sonreír, pero fríos de emoción, murmuraron bajo: "¡Lagarto!", repetidas veces.

Momentos después -habiendo sucedido un silencio profundo a la alborotada charla, habiéndoles quitado la sed a todos y revuéltoseles dentro del alma el poso de la embriaguez triste- se deshizo el grupo y fue descalificado por la escalerilla, al costado del vapor, en demanda de los botes, que aguardaban. Allí se quedaron las botellas llenas, las copas rebosantes de espumilla fina, los pasteles de fundente chocolate, la dulce posdata de la merienda. ¡Qué remedio! Se huía del que hace mal de ojo, del que trae consigo la negra sombra... Jamás se ha aproximado a nadie que no sobrevenga la desgracia... Y se empujaban impacientes, como si se tratase de salvarse de naufragio o incendio, porque el de la mala pata podía tener la ocurrencia de meterse en la misma embarcación... El incauto que se rezagase no evitaría ir acompañado del mirar fatídico. En el apresuramiento de la desbandada, alguien queda atrás por fuerza, y tampoco es extraño que sucedan atropellos, que haya encontrones involuntarios, máxime si las cabezas no van serenas y frescas del todo. Fue don Zósimo el que más empujaba, quien, sin poder evitarlo, resbaló en los peldaños estrechos y mojados de la escalerilla y se cayó pesadamente al agua, entre el remolino de oleaje alborotado por la maniobra de la embarcación chica al acercarse al vapor.

Salvado, auxiliado, desembriagado, sentado ya en el bote, con la ropa chorreante, el profesional del descreimiento y enemigo jurado de las supersticiones repetía bufando y escupiendo aún amarguras:

-¿Lo ven ustedes? ¡Si tenía que suceder! ¡Si donde entra ese demonio de hombre entra la fatalidad!

-Tanto como eso... -objetó el socarrón de Mauro Pareja.

-Tanto y no rebajo nada. Sabe Dios la enfermedad que me cuesta el bañito. ¡Barajas!, parece que se han olvidado ustedes de todo lo que sabemos perfectamente. Cuando ese tío acompaña a un estudiante a examinarse, salen las dos únicas papeletas, aquellas mismas, que el estudiante no se ha aprendido de memoria..., y, claro, le suspenden. Cuando asiste a una boda, al mes, divorcio. Si visita a un enfermo, que avisen a la funeraria. Si va a vivir con un pariente suyo, en una casa feliz, le acompañan la muerte y la ruina. Si va en el tren, el tren descarrila. Si se acerca a usted en la calle, a los dos segundos se le viene a usted encima un automóvil. ¿Me lo van ustedes a negar? Hombre, ¡barajas!, bien escaparon ustedes así que él apareció...

-Bueno, corriente... -confirmaron a coro los demás tripulantes-. Los hechos nadie los niega... Pero usted, don Zósimo, que es tan terne y no cree en nada y puso verde a nuestro presidente porque nos decía que todos los milagros son invenciones...

-¡No tiene que ver! -tiritó el ensopado concejal-. ¡Esto es otra cosa! ¡Éstos son hechos!

-Hechos que pueden explicarse, naturalmente... -advirtió el presidente, con seriedad mezclada de escepticismo.

-Bueno, yo me entiendo -contestó don Zósimo-. Y déjenme llegar a mi casa, que más he de menester cama y friegas de espíritu de vino que discusiones. Lo que sabemos, lo sabemos.

Callaron todos. Era noche cerrada. Un terror a lo desconocido flotaba en el aire. El presidente del club, que acababa de combatir con la palabra las aprensiones de don Zósimo, tenía la mano derecha dentro del bolsillo de la americana, y sin ser visto hacía la higa.

Mi amigo Lucio Trelles es un excelente sujeto, sin graves problemas en la vida y que parece normal y equilibrado. Como nadie ignora, esto de ser equilibrado y normal tiene actualmente tanta importancia como la tuvo antaño el ser limpio de sangre y cristiano viejo. Hoy, para desacreditar a un hombre, se dice de él que es un desequilibrado o, por lo menos, un neurótico. En el siglo diecisiete se diría que se mudaba la camisa en sábado, lo cual ya era una superioridad respecto a los infinitos que no se la mudarían en ningún día de la semana.

Ahora bien: Lucio Trelles sostiene la teoría de que desequilibrado lo es todo el mundo; que a nadie le falta esa "legua de mal camino" psicológica; que no hay quien no padezca manías, supersticiones, chifladuras, extravagancias, sin más diferencia que la de decirlo o callarlo, llevar el desequilibrio a la vista o bien oculto. De donde venimos a sacar en limpio que el equilibrio perfecto, en que todos nuestros actos responden a los citados de la razón, no existe; es un estado ideal en que ningún hijo de Adán se ha encontrado nunca, en toda su vida. Lucio apoyaba esta opinión con razonamientos que, a decir verdad, no me convencían. Parecíame que Lucio confundía el desequilibrio con los estados pasionales, que pueden desequilibrar momentáneamente, pero no son desequilibrios, pues son tan inevitables en la vida psíquica como otros procesos en la fisiología.

Ello es que a Lucio no le conocía nunca ni enamorado, ni encolerizado, ni apasionado, ni vicioso. Hasta me sorprendía la normalidad de su tranquila existencia, sazonada con distracciones de buen gusto y aun de arte, y dedicada a regir bien una fortuna pingüe y a acompañar y proteger a su hermana, con la cual se portaba lo mismo que un padre. Y solía yo decirle, cuando nos encontrábamos en una agradable tertulia adonde los dos concurríamos:

-Todos seremos desequilibrados, pero el desequilibrio de usted no se ve por ninguna parte.

Él meneaba la cabeza, y la confidencia parecía asomarse un segundo, como se asoma un insecto horrible a una grieta de la pared, retirándose apenas entrevé la claridad... Ya en el camino de las curiosidades, di en notar que algunas veces las pupilas de Lucio revelaban extravío. No era que bizcase; la expresión respondía a un espanto íntimo sin relación con los objetos exteriores.

Lucio solía ir a la tertulia donde más nos veíamos, con su hermana y en carruaje. Como le viese una noche salir a pie, me dijo que su hermana estaba un poco indispuesta, y él no había querido hacer enganchar. Entonces caminamos juntos. No hacía la luna, y las calles del barrio estaban oscuras y solitarias.

Íbamos hablando animadamente, cuando de pronto sentí que el cuerpo de mi amigo gravitaba sobre mi hombro, desplomado. Apenas tuve tiempo para sostenerle e impedir que cayese al suelo. Al hacerlo oí que murmuraba frases confusas, entre gemidos. Yo no sabía qué hacer. No veía nada que justificase el terror de Lucio. Sin duda sufría una alucinación.

No recobró el sentido hasta momentos después, y soltó una carcajada forzada y seca, para tranquilizarme. Anduvo unos instantes vacilando, y de súbito, volviéndose hacia mí, susurró con terror indescriptible, un terror frío:

-¿Y el gato? ¿Y el gato?

-¿Qué gato es ése? -pregunté asombrado.

-El gato blanco. ¡El que pasó cuando yo caí...!

Recordé que había visto, en efecto, una forma blanca, deslizarse rozando la pared. Pero ¿qué importancia tenía?...

-¡Ninguna para usted! -murmuró sordamente mi amigo.

Yo sentía el retemblido de su cuerpo, el rechinar de sus dientes, y su mano crispada me asió, incrustándome los dedos en la muñeca. De su garganta, contraída, las palabras brotaron como un torrente, en la inconsciencia con que el semiahorcado se arranca el dogal.

-Claro, no puede usted entender... para usted un gato blanco no es más que un gato blanco... Para mí... Es que yo... No, aquello no fue crimen, porque el crimen lo hace la intención; pero fue una desventura tan grande, tan tremenda... No he vuelto a disfrutar de un día de paz, un día en que no me despierte con el pelo rizado... Mi disculpa es que yo tenía entonces veinte años... -añadió con un sollozo-. Desde la niñez, la vista o el contacto de un gato me producían repulsión nerviosa; pero no en grado tal que no pudiese dominarla si me lo propusiese. Lo malo es que en ese período de la juventud no quiere uno dominarse, no quiere sino hacer su capricho... Cree uno que puede dirigir la vida a su arbitrio, solazándose con ella, como con los juguetes. Esto ocurría hallándome yo en el campo, en compañía de mi madre y de mi tía Lucy, la que me ha dejado mi capital, pues mis padres no eran ricos.

-Cálmese usted -dije, viéndole tan agitado y observando la poca ilación de lo que me refería.

-Sí, ya me voy calmando... Verá usted cómo es natural mi impresión.

¿Qué decíamos? Sí; yo estaba en el campo con mi madre y con mi tía Lucy, solterona, que adoraba en su gato blanco, el favorito de la buena señora, siempre dormido en su regazo o acurrucado al borde de su falda. ¡Puf! ¡Qué gustos más raros! Yo -cosa de los veinte años, afán de dominar la vida y arreglarla a nuestro antojo- se la tenía jurada al bicho. Resolví que, si alguna vez lo atrapaba solo, su merecido le daría. Al efecto, llevaba siempre conmigo un diminuto bull-dog, y ya no veía el momento de meter una bala en la panza gorda del monstruo, del odiado animalejo. Después, me proponía hacer desaparecer sus restos..., y negocio concluido.

Fue una noche... Una noche como ésta; sin luna, de una oscuridad tibia, en que todo convidaba a vivir y a amar... Salí de mi cuarto con ánimo de espaciarme en el jardín. Había en él un cenador de madreselva... ¡lo estoy viendo! Era todo tupido, y de costado tenía una especie de ventanita cuadrada, practicada recortando las enredaderas. Distraído miré... En el marco del follaje se encuadraba un objeto blanco. Ni por un momento dudé que fuese el gato aborrecido.

Saqué el bull-dog, apunté... Hice fuego... Un grito me heló la sangre... Me arrojé al cenador... Mi madre estaba allí... Envolvía su cabeza una toquilla blanca...

-¿Muerta? -interrogué con ansia, empezando a comprender la historia.

-No... Herida levemente; rozadura; el pelo chamuscado...

Entonces... Mi madre me cobró horror... Nunca volvió a quererme... Nunca creyó mis protestas de que no intentaba asesinarla... Y murió poco después, de una enfermedad cardíaca, originada probablemente por la emoción... ¡Quedé bajo el peso del odio, de la eterna sospecha de mi madre!

-¿No la pudo usted convencer?

-Jamás...

Medité un segundo...

-¿Había algún motivo para que ella recelase que usted..., en fin, que usted... podía ser capaz... de... "eso"?

Sin duda herí una fibra sensible, porque Lucio se demudó y vaciló tambaleándose, próximo a caer de nuevo. Sus ojos, alocados, me miraron un instante. No contestó. Y al llegar a su casa, me dijo secamente, bruscamente:

-Buenas noches...

Nunca más, en ocasión alguna, volvió a hablarme del caso, por el cual un gato blanco es para él un espectro.

Esto de las ambiciones humanas tiene mucho que observar. Cada quisque pone la mira en algo que quizá al vecino le sería indiferente. Hay ambiciones generales; hay otras individuales, extrañas y de difícil justificación, si no supiésemos que todas son igualmente vanas.

A pocos seguramente les desvelará lo que fue objeto de las constantes ansias de un hombre, por otra parte sencillo y ajeno a la mundanal vanagloria. Don Probo Gutiérrez López, empleado subalterno, sólo lamentaba carecer de bienes de fortuna, porque desde niño había fantaseado que sus despojos esperasen el Juicio final encerrados en un mausoleo suntuoso, erigido en el cementerio de su ciudad natal, Repoblada.

Este cementerio, para el cual se han aprovechado terrenos baldíos que antes fueron estercoleras públicas, es uno de los ejemplares más desastrosos de lo antiestético y antipoético de las construcciones modernas, ya se consagren al reposo de la muerte, ya al tráfago de la vida. Una tapia blanca y maciza lo cerca, dando a su forma fastidiosa regularidad. Una capilla de estilo gótico de alcorza rompe únicamente la monotonía del cuadrilongo, proyectando en una esquina la pobreza de su endeble aguja. Dentro, los nichos, adosados a las paredes, enfilan sus anaqueles mezquinos, que sugieren la idea de muertos asfixiados en la estrechez. Las lápidas ostentan rótulos candorosos, y al abrigo de vidrios ovales, fotografías amarillentas, mechones de pelo lacio y ramos de siemprevivas. El arbolado nuevo, cipreses y sicómoros, no ha adquirido todavía el frondoso porte que tanto hermosea algunos camposantos modestos. Faltando el verdor, faltan pájaros, esas aves de canto vivaz y alegre que en tales lugares parecen adquirir sugestiva melancolía. Y así, el cementerio de Repoblada es realmente de una tristeza depresiva, aburriente y seca, que irrita en vez de conmover.

Pues con todo esto, Probo Gutiérrez anhelaba ocupar en el cementerio más feo del mundo un lugar de preferencia. Es de advertir que don Probo, no sé si por costumbre, por penitencia o por entretenimiento, era obligado acompañante de los cortejos fúnebres. Ninguno cruzaba las calles de la ciudad, a son de fagot y entre salmodias, que no llevase detrás al buen don Probo, con su raída levita y su sombrero anticuado. Y los socios del Recreo, donde Probo jugaba al tresillo, siempre que no se trataba de enterrar a alguien, le gastaban la broma de decirle que ni aun después de muerto quedaría franco de servicio, puesto que habría de figurar honrosamente en su entierro propio.

En sus diarias visitas al campo santo, seguía don Probo con inexplicable interés la construcción de cenotafios y panteones, la colocación de lápidas y rejas. Comenzaba a estar de moda este género de lujo, y los edículos neogriegos, románicos, góticos, al apiñarse, formaban el más incoherente revoltijo. Había columnas truncadas revestidas de hiedra; había cruces en que se enredaban campanillas; había pirámides coronadas por un busto; había, incluso estatuas o más bien monigotes, y el dorado de las verjas nuevas desafinaba al sol como desafinaba la blancura sacarina del recién esculpido alabastro italiano. Y don Probo sentía con más vehemencia el ansia de yacer, él también, bajo un suntuoso monumento... Era la sed de inmortalidad que a veces acomete a los seres más predestinados al olvido, los cuales buscan la supervivencia en un afecto, en un corazón, y, a falta de esto, en unas piedras amontonadas. Don Probo no tenía ni hondos cariños ni íntimas amistades; solterón sin relieve social ni sentimental, tímido y torpe con las mujeres, indiferentes a todos, cuando desapareciese de entre los vivos sería como brizna de paja un día de aire. Acaso esta consideración, siempre mortificadora para el amor propio del aniquilamiento absoluto, explique el sueño monumental de don Probo. El olvido es forma del no ser, y él, don Probo, quería perpetuarse en granito y en bronce, ya que no en hijo, en libro, en amor, en hecho alto e ilustre.

No le era fácil, por otra parte, inferir que su ilusión se realizase nunca. Atenido a mezquino sueldo, vivía estrechamente. No era lo bastante loco para esperar en la lotería. No se le conocía más familia que un hermano menor, un bala perdida, jugador y borracho, que rodaba no se sabe por dónde. Y el carácter enteramente ideal de su gran aspiración la elevaba, prestándola radiaciones y luces de belleza inaccesible.

Por la ley que dispone que siempre muramos de lo mismo que llenó nuestra vida, fue en una excursión al cementerio donde Gutiérrez López contrajo la enfermedad que no perdona.

Corría diciembre; el frío acuchillaba, la pulmonía vino pegando; en la casa de huéspedes no se extremó el cuidado en la asistencia..., y, por caso inaudito, pudo notarse que don Probo no seguía a pie un entierro y que, contra su costumbre, desempeñaba en una ceremonia el principal papel.

El mismo origen de la pulmonía traidora impidió que don Probo llevase numeroso acompañamiento y que los pocos del séquito llegasen al campo santo. Los acompañados por él estaban en la imposibilidad de devolverle la atención, y los vivientes se retrajeron al saber que, camino del cementerio, se "ganaba la muerte". El día era horrible, lluvioso, glacial, tormentoso, con rachas huracanadas; el suelo, un mar de fango, y los caballos del coche fúnebre, con los cascos, chapoteaban y salpicaban agua cenagosa. Y allá fue, casi solitario, el constante acompañador.

El hermano perdulario había dicho por telégrafo que se enterrase a don Probo con toda decencia; pero, temerosos de un chasco desagradable, los compañeros de oficina no se atrevieron con la primera clase, y se dispuso la segunda, un ataúd sencillo, un nicho sin lápida de mármol -lo indispensable y estricto-. Al mismo tiempo que a don Probo, condujeron a su última morada a cierto usurero, detestado por la gente pobre, y a quien su viuda, más avara que él, dispuso un entierro exactamente igual al de don Probo en el nicho contiguo. Para resistir la temperatura y la humedad, albañiles y sepultureros se previnieron con buena ración de caña; sorprendidos por el rápido anochecer invernal, confundieron los féretros, y en el nicho destinado al logrero depositaron el cuerpo de Gutiérrez López.

Seis meses después llegaba a la ciudad el hermano tronera, el garbanzo negro. La antojadiza suerte le había sonreído, y se presentó con boato, desempedrando calles, en su automóvil, y anunciando la resolución de erigir en el cementerio de Repoblada un panteón de familia, a todo coste. Quizá era este deseo de honores póstumos una propensión característica de la casta. Ello es que el jugador soñaba lo mismo que el formal y metódico, y se traía los planos, el presupuesto, el arquitecto, hasta operarios de Italia. Tratábase de un monumento original, destinado a chafar a los restantes, en que se mezclaban los jaspes de color, las serpentinas, los vidrios polícromos, hasta la cerámica, para una creación modernista sorprendente, donde se agotaba el tema de los letreros en asirio, la amapola somnífera, los cipreses formando procesión de obeliscos, los girasoles, emblema de inmortalidad, y los lotos, emblema del sueño y del nirvana. Hubo quien censuró tal maravilla, y hasta la puso en solfa; hubo quien se extasió, y quien se escandalizó de que el mausoleo careciese de emblemas religiosos, y después de acalorada polémica en la Prensa local, la autoridad competente ordenó que aquel jeroglífico rematase en una cruz.

Ya terminado, sin faltarle requisito vino el fundador e hizo trasladar a él solemnemente el cuerpo... del usurero, que ocupaba el nicho destinado a don Probo; mientras los restos de éste -frustrado allende la tumba en su perenne anhelo-, continuaron disolviéndose olvidados en humilde nicho.

Aquella cuitada de Romana Meléndez, tan mona, en lo mejor de la edad, los veinticinco; unida por su familia, sin previa consulta del gusto, al vejete socio de su padre, a don Laureano Calleja, pasó dos años medio secuestrada, recluida en su casa de Madrid, grande, cómoda, hasta lujosa, pero que trasudaba por las paredes murria y aburrimiento. El viejo marido, observando la perpetua melancolía de su esposa, a su vez se mostraba hosco y gruñón; los criados desempeñaban sus quehaceres de mal talante, recelosos; nunca llamaba a la puerta una visita; nunca se le ofrecía a Romana ningún honesto esparcimiento: a misa los domingos y fiestas de guardar; a "dar una vuelta" por Recoletos cuando hacía bueno, y el resto del tiempo sepultada en su butaca, peleándose con una eterna labor de gancho, una colcha, que no se acababa porque a la labrandera no le interesaba que se acabase, y en lugar de mover los dedos, dejaba el hilo y las tiras sobre el regazo y se entregaba a una de esas meditaciones sin objeto, fatigosas como caminar sobre guijarros, entre polvo.

Tal género de vida y la pasión de ánimo que se originó de él, minaron la salud de Romana. Contrajo una de esas propensiones a languidecer que agotan y secan la vida en sus mismos manantiales y pueden dar origen a afecciones consuntivas. Tuvo una elevación diaria de temperatura, que en vano combatió con la quinina, y el médico, no sabiendo qué disponer, no teniendo remedios para aliviar, la envió a que pasase un mes respirando aire puro y saturado de emanaciones balsámicas en un sanatorio del Mediodía, de esos en que la sobrealimentación y la suavidad del clima suelen proporcionar alivio; pero el tedio y la contemplación de tantas miserias fisiológicas abruman con la pesadumbre de la fatalidad que nos rodea. Para Romana el tedio era un compañero antiguo, y la variación ya por sí sola, distracción segura y aprovechable. Además, la casualidad le deparó la adquisición de una amiga, una señora que ocupaba la habitación contigua: llamábase Ignacia López, y era esposa de un modestísimo empleado en Hacienda.

Ignacia no padecía mal ninguno; se encontraba en el sanatorio acompañando y cuidando a una hermanita suya, criatura muy interesante, tísica confirmada. Simpatizaron Ignacia y Romana desde el primer momento; en el pinar allegaron las mecedoras, y entre efluvios de resina y tibias caricias de sol, charlaron con alegrías y vivezas de pájaros. Eran casi de la misma edad; fuera de eso, en nada se parecían. La actividad de Ignacia contrastaba con la pasividad de Romana, siempre resignada y en brazos del Destino, mientras su nueva amiga luchaba con él y aspiraba a vencerlo. Inteligente y jamás cansada, Ignacia, sin dejar de atender a la tísica, discurría diabluras, organizaba entre los pinos meriendas y paellas que galvanizaban hasta a los moribundos. Romana ponía el dinero; la empleadita, el buen humor y la disposición. Pero la tísica empeoró y hubo que pensar en volverse al domicilio, que es, al fin y al cabo, donde mejor lo pasa un enfermo. La idea de quedarse sin su amiga achicó el corazón de Romana; en un santiamén hizo la maleta; reunidas se metieron en un departamento de segunda (no podía darse el lujo de primera Ignacia) y, muy hermanadas, llegaron a Madrid. Se despidieron en la estación, en la cual nadie las esperaba, con estrechos abrazos y letanías de promesas. Romana, al meterse en un coche, se sintió oprimida, como si le faltase de golpe aire blando y regenerador.

Desde entonces su vida tuvo un objeto, una finalidad: escaparse a ver a la amiga, pasarse el tiempo en su casa, insensiblemente; aquel interés era vitalidad, era rayo de luz en el limbo. Hasta cuidar a la tísica le parecía género de diversión; y no digamos vestir y desnudar a los chiquitines (tres tenía Ignacia), porque eso sí que envolvía inmenso placer. ¡Tan guapos, tan zalameros, tan rubios, tan ricos! ¡Si daban ganas de comérselos por pan! A la insípida existencia propia, Romana sustituyó la ajena; careciendo de afectos, recogió con avidez los que no la pertenecían; no padeciendo disgustos ni cuidados, adoptó los de Ignacia; la escasez de metálico, las inquietudes por la enferma, por el sarampión de los chiquillos, por la urgencia de vestirse de invierno...; y se acostumbró a no entrar en casa de Ignacia sin un paquetito: ropa, artículos de consumo, medicamento caro, juguete... El momento de desenvolver el regalo proporcionaba a Romana gratísima emoción. Los chicos se agarraban a sus faldas, trepaban hasta su cuello, la asfixiaban a cariños.

-¡Hija, quién como tú! -exclamaba la empleadita-. ¡Si estás mejor que quieres! ¡Encontrarte el primero de mes con mil pesetas que no sabes qué hacer con ellas! Yo, que sólo me encuentro recibos atrasados de la tienda, del zapatero, del casero! ¡Tener un marido formal, que se babará por ti!

-Pues mira: yo -contestaba Romana, acariciando al angelito menor- te trocaba la suerte. Si me das este muñeco, ¡quieto, diabólico!, te entrego las mil pesetas en un billete. Y ya que te gusta el marido viejo..., te lo traspasaba, cediéndome tú, por supuesto, al joven...

Fue dicha esta enormidad como se dicen las frases humorísticas más gordas cuando hay confianza y ternura; las dos amigas rieron a carcajadas y se besaron. Es de advertir que por entonces ninguna de las dos conocía al marido de la otra. El de Ignacia estaba en Zamora, con licencia de dos meses, ultimando asuntos de una testamentaría; el de Romana, envuelto también en negocios, y, por contera, huraño y escamón, prevenido contra todo y todos y, en especial, contra "los pobretes" y "los pegotes", no permitía ni oír nombrar a las recién adquiridas relaciones de su esposa. Mas sucedió que cierta mañana dominical, volviendo de las Calatravas el señor Calleja, en la acera de Alcalá le paró una señora... ¡Demontre! ¡Qué señora más despabilada! Aquello fue un acosón chancero, igual que si se hubiesen tratado tú por tú desde la cuna Ignacia y don Laureano. Hubo dichos graciosos, tiroteo de picantes frases. "A mí ya sé que no me puede usted ver ni en pintura...", repetía Ignacia, riendo, enseñando los dientes blancos, las bien frotadas encías. Nadie gastaba bromas con el viejo; se le hablaba en tono grave, al diapasón de su cara seca y muerta como una hoja arrancada del árbol. La chistosa franqueza de Ignacia le hizo el efecto que hace al sobrio un vaso de vinillo puro. "¿Pues quién le privó a usted de venir a mi casa..., digo, a la de usted?", barbotaba confusamente. "Usted mismo, que es capaz de espantarme con un palo..." "Nada de eso." "Pues si no me pega usted, cónstele que voy..., a ver si me querrá usted tanto así cuando vea que soy una buena persona, aunque me esté mal el decirlo...; y yo también me convenceré de que usted no es un tirano, sino un barbián simpático y amable..."

A la hora de comer, don Laureano rezongó entre los vapores de la sopa:

-No sé por qué has de andar corriendo la fama de que soy raro... ¿Te quito yo ningún gusto? Hoy mismo vendrá aquí esa amigota que te echaste en el sanatorio...

Y vino "la amigota", y de un modo gradual fue repitiendo las visitas, diciendo a Romana:

-Hija, no te celes si atiendo más a tu esposo que a ti, si le llevo las manías al buen señor... Nos conviene conquistarle... Que crea que me tiene prendada... Tú hazte la sueca...

¡Ya lo creo que se haría la sueca, y loca de contento! Y el viejo se acostumbró a la presencia de Ignacia a la hora del café, a su pico fresco y vivaz, a sus entrometimientos de mal tono, pero chuscos y divertidos. Había aquello de: "¡Jesús, y qué hombre tan tacaño! ¿Por qué no hace usted así..., o asado?... ¡Si yo fuese su mujer de usted...!" Y la respuesta: "Pues como fuese yo su marido..., la encerraba, por aturdida, por liosa..."

Transcurrido un mes, Calleja se corrió e invitó a "esa golfa" a cenar los domingos. Romana notó, con agradable admiración, que ese día su marido se mudaba, se acicalaba, se afeitaba cuidadosamente, recortándose los cuatro pelitos de la calva, y se ponía la levita, anticuada por desuso; y colmó su satisfacción el anuncio de que tenían palco en Lara, donde acabaron la noche divertidísimos, riendo como tontos con las ocurrencias y los gestos de Rodríguez...

Poco después llegó a Madrid el esposo de Ignacia, y fue presentado a Romana. Como sucede siempre que se ha hablado mucho de una persona antes de conocerla, hubo cortedad, al pronto, en las relaciones. Miguel -así se llamaba el consorte- frisaría en los treinta: el rubio bigotico, la boca roja, le daban aspecto más juvenil aún; su cara era adamada, su piel fina; pero sólido su tronco, y sus piernas ágiles y nerviosas. A la segunda entrevista, confesó a Romana su única debilidad, su único vicio: la afición a la fotografía. A la sordina, el entretenimiento es caro; nadie sabe lo que se gasta, amén de los aparatos, en placas, películas, reactivos, cartones, mil accesorios. Eso sí, con Huertas y Franzen se las tenía él...

-Anda, enseña tus monos -exclamó Ignacia, como quien se aviene al capricho de un niño-. Hija, ya verás... Yo le digo que se establezca; al menos nos valdrá guita la manía de las instantáneas...

Romana y Miguel se instalaron cerca de la ventana, con un velador delante, y el fotógrafo de afición fue trayendo álbumes, carteras, envoltorios de papel: su tesoro. Los niños jugaban en la antesala; se oían sus voces, sus chillidos, su batalla con las cuatro sillas que les servían para improvisar un coche; allá, muy abajo en la calle, poco transitada, rodaba algún simón, se alzaba algún pregón; el sol se ponía; un frío suave, ligero, cruzaba los vidrios, y las cabezas de Miguel y de Romana se aproximaban involuntariamente, al inclinarse para mejor ver las pruebas.

-Mañana haré una instantánea de usted -declaró el aficionado.

-¿Dónde?

-¡Bah! En cualquier parte... En la calle... Cuando vaya usted a misa, a tiendas... Los mejores clichés son esos que se obtienen así, cogiendo al modelo descuidado...

Ignacia, que entraba en aquel momento, intervino...

-En la calle, no. ¡Qué tontería! Cruza un perro, cruza un golfo..., ¡echa a perder la placa! Es más bonito en el Retiro, con el fondo de los árboles sin hojas, que dices tú que hace tan fino... ¿No sabes? Como la que sacaste cuando éramos novios...

Se convino el sitio, la hora, todos los detalles. La mañana de aquel día, Romana se levantó agitada, cual si esperase que algo extraordinario, algo desconocido iba a aparecerse en su horizonte. Desde temprano se lavó, se peinó, se rizó, se acicaló, se puso su mejor traje, su sombrero más de moda. Luego, sin saber en qué invertir el tiempo que faltaba, dio por la casa mil vueltas; y, de pronto, pensando que ya era tardísimo, descendió las escaleras precipitada y tomó un coche de punto. A la entrada del Retiro la esperaba, solo, el marido de su amiga. Ésta no había podido venir por no sé qué pupa del menor de los pequeños...

Era la mañanita una de las que el calumniado clima de Madrid ofrece como regalo divino: bañada de luz, de una luz rubia, vibrante, reanimadora; una luz que parecía que nunca iba a acabarse, que nunca transigiría con la noche. Las calles enarenadas y los arriates del Retiro convidaban a ejercitarse en pasear; las estatuas blancas, sin pedestal, destacándose de su alfombra de césped, parecían sugerir cosas recónditamente dulces, un misterio gozoso de la vida. La ramazón rojiza del arbolado desnudo de hoja formaba un fondo como de viejo guipur, y la masa sombría, intensamente verde de las coníferas, realzaba aquellas delicadezas otoñales, contrastando con ellas de un modo brusco y vigoroso. De los macizos de arbustos ascendían perfumes de violetas tardías, y azules estrellitas de agérato miraban a Romana y a Miguel, como miran las cándidas pupilas de los niños. No había un alma en el parque; la gloria matinal, la hermosura de un día tan radioso, pertenecía únicamente a la pareja, la cual podía creer que el cielo celebraba fiesta en su honor. Se sentaron en un banco. No sabían qué decirse. Al fin, Miguel, bromeando, entabló la conversación lírica, la que naturalmente fluye en la soledad cuando escucha una mujer. Habló de amores, de cosas pasadas; disertó sobre lo que forma el único atractivo real y poderoso de la existencia. Aquello no era ofender a Romana, pues no era cortejarla. Un palique dulce, entretejido de recuerdos, una página de subjetivismo, la lectura en alta voz de una novela vivida... Miguel había querido mucho a una mujer; obstáculos invencibles le habían separado de ella, después de aventuras románticas, bonitas... y raras... Ya las referiría, ya... En una crisis de desaliento, para olvidar, fue cuando se casó con Ignacia. "A usted se lo puedo contar, a usted su mejor amiga...; pero guárdeme el secreto... Esto entre los dos..." Romana prometía discreción, reserva absoluta. ¡El primer secretillo de amor que le fiaban! Un cosquilleo delicioso activaba en sus venas el curso de la sangre...

Al preguntar por la tarde Ignacia: "¿Qué tal el Retiro?", Romana, respondió, titubeando un poco:

-Divinamente... ¡Qué mañana! ¡Parecía de primavera! Sólo faltabas tú...

-Pues, serrana...; yo a cada paso más sujeta. Entre los muñecos de carne y la enfermita... Pero me encanta que os hayáis divertido la mar... Paseítos así te convienen, hija; tienes hoy una cara que te la han hecho de nuevo. Hay que mirar por la salud. Cuando quieras, Miguel te acompañará. Me lo cuidas, ¿eh? Porque él es de la piel de Barrabás, y si no hay quien le llame al orden...

Y como el empleado protestase sonriendo, Ignacia insistió:

-Nada, nada; que te pongo a Romita de guardia civil...

Establecido así el modus vivendi, fue la existencia fácil y suave como el curso de un arroyo, y crecieron en sus márgenes florecillas y plantas frescas, tersas, lozaneadoras, cuyo color regocija el espíritu. Romana, poco a poco, recobró la salud, se puso inmejorable; una de esas curaciones que hacen decir a los doctores: "El efecto de la aeroterapia no se nota hasta el invierno." Lo extraño es que don Laureano, sin tomar más aires que los que descienden armados de navaja barbera de las altitudes del Guadarrama, también se mostró remozado, al menos en el genio y condición; volvióse expansivo y casi galante; su dinero, oculto por la parsimonia, sudoroso de fatiga al multiplicarse en negocios sórdidos, empezó a ostentarse, a relucir, a correr con argentinos choques, sonoros y limpios como una explosión de risa. El viejo, ¡qué maravilla!, se abonó a landó y palco, señaló cantidades para trapos y moños, despidió a la cocinera por guisar mal -Ignacia solía dejar en el plato la blanqueta de gallina- y declaró a voces:

-¡Para el tiempo que hemos de vivir...! Pasémoslo bien; ¿verdad, Romana?

Romana lo aprobaba todo. Por las tardes, largas ya, los dos matrimonios paseaban en coche descubierto; y si la esposa de Calleja tenía algún capricho especial y necesitaba cuartos, decía a su amiga:

-Mujer, Nacita, tú que entiendes mejor el carácter de Laureano, ¿eh?

Hacia mediados de abril expiró la tísica, cuya vida se prolongaba a fuerza de cuidados y de alimentos exquisitos. Ignacia se mudó a un piso mejor, que no le recordase tristezas, y llevó un luto elegante; primero, crespón inglés; luego, ríos de azabache y oleadas de encaje negro. Romita no manifestó extrañeza ante la prosperidad de su amiga; pero ésta le hizo confidencias en tono chancero...

-¿No te enteraste? Pues en la lotería de febrero me ha caído un premio regular... ¡Qué suertaza! Sí, serranita, unos cuantos miles de pesetas... Y yo pensé: "¿Por qué no he de disfrutar algo? Bastantes privaciones he aguantado... El dinero es redondo..."

-Has hecho perfectamente -contestó Romana, acariciando a la empleadita.

Sin embargo, hacia el mes de julio, cuando empezaba a agitarse la cuestión de veraneo y a discutirse las ventajas de San Sebastián comparadas a las de Santander, Romana, a solas con su marido, sacando los pies del plato, indicó que debía preferirse una playa modesta.

-Si han de acompañarnos Ignacia y Miguel -advirtió-. Ellos no son ricos... El gasto de dos matrimonios, uno de ellos con niños...

-¿Qué importa? -exclamó enfurruñado don Laureano-. Los ayudaremos...; al fin, nosotros no tenemos hijos..., ni esperanzas...

Romana se turbó, bajó los ojos y murmuró, sobando el lindo broche de "estrás" de su cinturón grana:

-¿Quién sabe?

El viejo, inmóvil de sorpresa, le miraba de hito en hito. Al fin, halagado, envanecido, tendió las manos, atrajo hacia sí a su mujer y la abrazó despacio, de un modo lento y profundo, mientras ella se ponía toda del color de su cinturón. Y ambos, al darse aquel abrazo, se sintieron dichosos, libres un instante del peso de la cruz.

-Yo nunca me entenderé bien con la gente, y acabaré por meterme monja, si no fuese que también hay gente en los conventos -declaró Piedad, guardándose una carta y contestando a una interrogación que le dirigía su amiga Margarita-. ¿Conque me caso con un tapeur? -añadió-. Puede que no fuese ningún disparate... Lo malo es que a mí me gusta comer todos los días; es un vicio que he contraído... Te aseguro que cuando me decida a casarme, ser bajo esa expresa condición: que se comerá los siete días de la semana...

-Tú eres muy excéntrica -advirtió Margarita, que tiene por costumbre escandalizarse a cada momento, con un remilgo de gata pulcra, enemiga de estrépitos y trastornos-. Ni una miss solterona te gana en excentricidad.

-¡Valiente excentricidad la mía! -protestó la muchacha, frotándose activamente con el pulidor las uñas de la mano izquierda; estaban en el tocador las dos amigas, y Piedad se vestía para el teatro-. Mi excentricidad se reduce a hacer cosas naturalísimas, que han llegado a no parecerlo, a fuerza de estar falseando el criterio en todo y por todo.

-¡Mujer! No me digas que es natural lo que se te pasa por la cabeza. Si no estás en paz ni con los guardacantones. Debes de tener azogue dentro. Parece que buscas quimera, por el gusto de buscarla. ¡Mira que lo que hiciste en el duelo de Artías del Valle! ¡Aquellas carcajadas altas y sonoras!

-Pero, criatura... no me pude contener. Me da algo si no me río... Figúrate a Petrita Artías, con aquella cara fúnebre, y rebosándole la alegría por dentro, de verse rica y libre... Y aquel cuadro de sainete de Lara... La gente vestida de negro, la sala a media luz, un suspiro que sale de un rincón, todos hablando en sordina. Petrita de pañuelo sobre un ojo..., tentaciones me dieron de gritar: "Abran las ventanas; venga claret; vengan emparedados... Si somos las mismas de los otros miércoles..." No, y falta lo delicioso... Pepín Barquera, muy compungido, a dos pasos de la viuda... Por poco le chillo: "Consuélala, cena a oscuras, que costumbre tienes..."

-¡Qué atrocidad! Acabarán por huir de ti...

-¡Sí que sería atrocidad consolar a Petrita, tan fanée y con la tripa que va echando! -declaró Piedad, afectando no entender el sentido de la exclamación de su amiga.

-Mujer -suplicó Margarita-, ten juicio, si puedes, cinco minutos, y explícame por qué andan diciendo que estás enamorada del tapeur.

-Me figuro -respondió Piedad, emprendiendo la tarea de abrillantar las uñas diminutas de la otra mano- que será, en segundo lugar, por lo que voy a referirte...

-¿En segundo lugar?

-En primero, por ser estúpido todo el mundo, y más estúpido cuando se reúne a fallar de lo que no entiende.

-Pero, en fin, cuando el río suena...

-Es que no tiene otra cosa mejor que hacer... Pues verás tú, Margaritita, y te autorizo para que lo cuentes, si te da la gana, y si no, deja que hablen; a mí me es enteramente igual... Yo te doy, en parte, la razón: soy un poco maniática. No me divierto con lo que otros se divierten, ni encuentro aburrido sino lo que a mí me aburre. Además, opino que muchísimas cosas no debieran ser como son, sino de otro modo.

-En ese particular no puedo estar conforme -y Margarita sonrió-. Todo me parece a mí perfectamente arreglado; al menos, lo mejor posible.

-Dichosa tú... Yo voy a un baile; uno de estos bailecitos pequeños y de confianza, como los de casa de Almansa, por ejemplo. Tú entras y te fijas en las reinas de la fiesta. ¡Qué guapa está Menganita! ¡Perenganita estrena un fourreau de gasa de oro! ¡Zutanita trae su collar falso, sus perlas de cera legítima! Yo, casi ni las miro. Me las sé de memoria. Tampoco a los hombres les concedo gran atención. Ya presumo lo que han de espetarme. Mil simplezas, y, sobre todo, el inevitable "¡Qué calor!", que trae aparejada la respuesta ingeniosísima: "¡Ya, ya!"

En cambio..., me interesan esas personas de quienes en las fiestas no se hace caso ninguno. Las institutrices y damas de compañía que a veces tienen que ir con las muchachas o con los niños, en los bailes infantiles, y a quienes no se decide nadie a dar la mano, aunque ellas hacen sus conatos de adelantarla tímidamente; las parientas pobres, insignificantes, embutidas en un traje mil veces remendado y que fue desecho de su rica parienta; las feas de solemnidad, a las cuales nadie lleva el buffet ni da un rato de palique: las cursis francamente cursis, que parece que tienen la peste y van mendigando un saludo y una palabra..., y, sobre todo, los músicos. ¿Te has fijado en los músicos tú?

Yo estoy pendiente de ellos. Mis miradas no se apartan del desdichado profesor, tan formal y humilde, con su frac color de ala de mosca, cuyas rozaduras disimuló la tinta; oculto por el piano que cubren los pliegues de un pañolón de Manila charro y por las macetas de flores que se colocan adrede para que el pianista ni vea ni sea visto... Allí está ese paria, convertido en máquina de teclear para que los demás se diviertan y bailen; arrinconado para que no tengamos el espectáculo de su faena, y enchiquerado porque no es lícito a su juventud dirigir miradas a las muchachas bonitas... Así está, aguardando a que un gomoso le chille: "¡Vals!" "¡Rigodón!" Y yo rondo alrededor del piano, y acabo por apoyarme en él y por meditar algo raro. "¿Y si le hablase?" Dicho y hecho... Pongo la voz muy dulce, sonrío...

-¡Qué humorada! -exclamó Margarita.

-Él se vuelve, me mira con sorpresa...

-Y... ¿qué tal? ¿Guapo? ¿Tipo romántico?

-Puedes cerciorarte -respondió Piedad, sacando del bolsillo la carta que acababan de entregarle, y que había leído despacio-. Te presento la fotografía.

Margarita la examinó, observando si tenía dedicatoria. Una maliciosa sonrisa vagaba en sus labios.

-A la verdad, parece poco seductor, hija... A no ser que lleve la música dentro.

Piedad recogió la tarjeta, y, sonriente a su vez, continuó:

-Era feíllo, canijo, amarillento... y con trazas de enfermo, mejor dicho, de tuberculoso... Pero tenía cara de sentir y comprender su posición y una actitud de dignidad triste y resignada... Te confieso que el corazón me dio una vuelta. Hay momentos en que la compasión se sube a la cabeza y se halla uno capaz de cualquier desatino... Y cuando más metida en conversación estaba yo con el artista (llamémosle así), se acerca Petrita, la muy insolente, y me dice con sorna: "Veo que el maestro ha hecho conquista hoy..." Se me encrespó el genio, se me erizó el alma y solté esto que vas a oír: "Por cierto que es verdad, y ¡cuánto más vale el maestro que Pepín Barquera y otros macacos por el estilo, aunque anden persiguiéndolos las señoras!" Y era verdad; cinco minutos antes los había visto en una puerta, él tratando de escabullirse y ella no queriéndole soltar. Enseguida la dejó con la palabra en la boca y digo al pianista: "¿Quiere usted hacerme el favor de llevarme al comedor?"

¡Habías de ver aquella cara! Una expresión semejante..., sólo en los santos extáticos. Y al mismo tiempo, vergüenza; sí, vergüenza. Tuve que llevármele casi a la fuerza; no se atrevía; ¡acaso temiese de mí una burla! La gente nos miraba; se cuchicheaba; no faltó quien a mi paso dijese agudezas. Y la Almansa salió después con que yo le había estropeado el baile... ¡Vaya un baile para que nadie lo estropee! ¡Un buffet miserable, y por orquesta, un tapeur! En fin, yo no me ocupé de lo que pensasen; me senté al lado del profesor; le serví de todo..., de todo lo que había, que no era mucho; le cuidé; le pregunté su vida; supe que mantenía a su madre con su trabajo; le auguré que sería un Rubinstein..., andando el tiempo; le prometí organizar conciertos en que él tomase parte y yo aplaudiese; vamos, me colé...

-¡Cuándo no es Pascua! -declaró la amiga grave y desaprobadora-. Y él..., ¿no te hizo el amor después, a todo trapo?

-Él después se tuvo que ir a su tierra, Alicante, porque ya te dije que estaba tísico. ¡Hace unos quince días que... se ha muerto!

-¿Cómo lo sabes?

-Porque su madre me lo escribe hoy... Dice que se despide de mí por encargo de su hijo, y que, además, me envía ese retrato...

-Mira -murmuró Margarita, cavilosa-: eso no dejar de ser así..., como una cosa en verso...

Piedad calló. Había terminado de bruñirse las uñas, y alzó los hombros, mientras ordenaba a la doncella:

-Traiga usted el vestido vieux rose... ¡Ah! Y la estola de armiño... No calientan ese teatro Real, y se tirita...

No acostumbraba don Magín Dávalos practicar ninguna buena obra; y, hablando en plata, hacía lo menos treinta años que ni se le ocurría que las pudiese practicar. Solterón empedernido, pendiente del cultivo intensivo de su bienestar propio, encogíase de hombros cuando alguien se molestaba o sacrificaba por algo; y, en tono desdeñosamente benévolo, no dejaba de murmurar:

-¡Qué tonta es la humanidad!

En su interior, rodeábase de todas las comodidades que la civilización facilita a los pudientes, aunque no sean archimillonarios. Dávalos no lo era; pero su caudal le bastaba y sobraba para darse vida de rey, rey solitario sin familia y sin corte; rey holgazán y epicúreo, dedicado a discurrir todas las mañanas un nuevo goce egoísta y selecto, un copo más de algodón en rama, que aislase su cuerpo de los roces de la lucha y de la vida.

El cuidado nimio de la salud formaba parte de sus habituales preocupaciones, y aún puede decirse que, al avanzar la edad, iba sobreponiéndose a las restantes. Precauciones múltiples contra corrientes de aire, saltos de temperatura y ambientes viciados; estudios sobre alimentos nocivos o útiles; un régimen defensivo, prescrito por el médico de fama, daban a la existencia de don Magín un objeto: la autoconservación. Nada de lo que sucedía en el planeta le importaba dos cominos; lo único serio era la contingencia del catarro o de la pulmonía, la aparición medrosa de una de esas infecciones que el cierzo helado de noviembre trae en sus alas de escarcha. Y mientras se prevenía de burletes en ventanas y puertas de ricos tapabocas de seda blanca -Dávalos no renunciaba todavía a parecer agradable-, de pastillas para la tos y de sesiones de masaje para conservar la elasticidad de los miembros, he aquí que el leñador invisible que ataca al árbol por el pie hasta que lo tumba, descargó

un golpecito sordo, mejor asestado, que produjo entalla; y el médico -consultado ante cada síntoma y cada fenómeno, de los más viles y vulgares de la fisiología y la patología- previno a su cliente:

-He observado esto, aquello, lo de más allá... No me gusta tal y cual manifestación. Hay que estar en guardia contra..., etc., etc. No tenga aprensión; no hay motivo "por ahora"; trátase sólo de un toque de atención... ¡Un toque de atención! Don Magín, cuando el doctor hubo salido, se miró al espejo y se encontró deshecho, ruinoso, desfigurado. ¿Era el miedo, o era "ya" el estrago de los consabidos esto, aquello, lo de más allá? ¿Por qué no darle su verdadero nombre? Era... ¡Horror! Era lo que siempre acecha, lo que siempre va pisando los talones al mozo como el viejo... La diferencia es que el mozo no lo ve, y aunque lo viese, acaso no lo temería... En la vejez es cuando no se quiere morir...

-Yo no he sido nunca cobarde -se argüía don Magín-. ¿A qué viene, entonces, tanto cavilar? Será peor; me causará más daño la cavilación que el achaque...

Para distraerse salió, hizo vida social; buscó -instintivamente- relaciones, calor de trato, ficciones de amistad; el aturdimiento de los cuidados e intereses ajenos, que divierten de los propios. En vez de pasearse solo en su magnífico landó eléctrico, solicitó a los conocidos, en algunos círculos que frecuentaba, para que le acompañasen... Prestóse a ello el marqués de Marlota, vividor semiarruinado, hombre muy corriente, de sugestiva conversación, a quien le convenía tomar el aire gratis en coche ajeno. Asociados los dos egoísmos, se convirtieron en simpatía. Dávalos no hubiese paseado a gusto sin llevar a su lado al marqués, el cual adquirió sobre el ricacho gran ascendente.

Regresaban una tarde, casi anochecido, de su vuelta por las Rondas, cuando les sonó en los oídos el tilín de una campanilla. Un grupo de gentes avanzaba a compás: mujeres de mantón, hombres de blusa. Se percibía el golpeo acompasado de las suelas del calzado basto sobre la tierra endurecida por la helada.

-¡El Viático! -exclamó el marqués, que era carlista, calavera con rasgos devotos-. No hay remedio sino bajarse.

-Paren -mandó Dávalos, que no se atrevió a disentir de aquella autorizada opinión.

A los dos minutos, el sacerdote ocupaba el asiento del fondo del carruaje, y el dueño y su amigo, a pie, iban detrás. Don Magín sentía algo extraño; al pronto, una incomodidad física, el leve cansancio del ejercicio; luego, una especie de interés, una emoción que no tenía causa racional. Acaso atavismos que despertaban; acaso el presentimiento de lo que va a sobrevenir cuando rompemos la costumbre, y, como por vidrio quebrado en aposento saturado de carbónico entra aire nuevo en nuestra existencia.

¡Había, sin embargo, tanto de previsto en el episodio! Escaleras mugrientas y desvencijadas, casa mal oliente, buhardilla estrecha...; la monótona decoración de la miseria, igual a sí misma.

Lo inesperado fue que, al acercarse el séquito a la puerta de la vivienda adonde llevaban el Señor, una arrogante mujer -la vecina caritativa que aparece infaliblemente en estos casos- saliese exclamando, con lágrimas en la voz varonil:

-Ya no hace falta el Señor, ni na... Esto s'arremató. Acaba de quedarse...

Todos se detuvieron. Un silencio de respeto, un murmullo de piedad...

-¿Y la niña? -preguntaron muchas voces.

-¿La niña...? ¿Qué sé yo, hijos? si yo no tuviese ya en casa aquellas seis bocazas abiertas... En fin; ahora, conmigo se viene la creatura; no va a quedarse ahí, al lao de la muerta...

Y, entrando en la alcoba, sacó de la mano a la chiquilla. Venía refregándose los puños por los ojos, inflamados de llorar. Tendría unos diez años; el pelo sombrío, greñoso, abundante, rebelde; la cara de un color moreno agitanado; las pupilas de un negror nocturno, que ahora encristalaba en llanto, temblante en las pestañas. Quizá fuese bonita después de fregada; de seguro era gentil, espigadilla, conmovedora, al repetir, zollipando:

-¡Ay, mi ma...! ¡Que-me-dejen-con-mi-ma!...

-Amigo Dávalos -indicó el marqués, que en medio de sus apuros se preciaba de rumboso, y revolvía ya un pápiro de cinco entre los dedos-, se impone la contribución. Usted puede más que yo; afloje sus ciento...

Don Magín no respondía. Miraba a la niña fijamente, alucinado por una idea. Allá, dentro de su conciencia, sentía formularse un reproche hondo:

"¿Por qué no tienes una así? ¿Por qué no has procurado tenerla..., tenerla, vamos, lo que se dice, con certeza de amor? ¿Por qué estás solo, cuando una infeliz, acaso una mendiga, pudo sentir en la agonía la despedida de unos labios? Magín, con tanta cuquería has sido un necio... Te espera muerte solitaria..."

El cura, entretanto, se acercaba y le daba las gracias, alabando la cristiana acción de no dejar a pie a Jesucristo.

-Vuélvase en el coche, señor cura -suplicó Dávalos-. Después me lo envía usted aquí...

-Las pesetas -insistió por lo bajo el marqués-. Me parece que a esta flamenca bondadosa podemos confiárselas...

Dávalos respiró fuerte. Aún titubeaba. Se alejaba el Señor lentamente, con la precaución que imponía al sacerdote la vetustez de la escalera, carcomida y sebosa de puro sucia. Un homigueo en las venas..., una especie de ola que subió del pulmón a la garganta...

-Señora, ¿no le parece a usted que soy yo quien debe llevarse a la niña? Conmigo nada le faltará. Será como si tuviese una hija, ¿no es eso? Vente, pequeña... Ahora volverá el coche... Te subirás a él conmigo...

El marqués sonreía. Le gustaban a él los arranques gallardos, románticos; los había tenido a centenares cuando derrochaba su hacienda; y todavía...

-¡Bien, bien, Dávalos! ¡Muy bonito! Nos llevamos a la chica... La recogemos...

Y en secreto, susurrante, advirtió alborozado:

-¡Ahora el billete tiene que ser de mil! Ya ve usted: entierro, medicinas..., y algo para la flamenca, que lo merece... Y usted va a tener una hija. ¡Ahí es nada!

El solterón callaba. No sabía si avergonzarse o preciarse del arranque repentino. No se lo explicaba satisfactoriamente.

¿Habrá algún sortilegio en "seguirlo"?

El defensor, el joven abogado Jacinto Fuentes, se encontraba desorientado. Si el mismo defendido le desbarataba los recursos empleados siempre con tanto provecho..., se acabó; no había manera de sacarle absuelto, y tal vez entre aplausos de la muchedumbre.

-¿Qué trabajo le cuesta a usted decir la verdad? -preguntaba insistente al asesino, que, con la cabeza baja, el demacrado rostro muy ceñudo, estaba sentado sobre el camastro de su tétrica celda en la Cárcel Modelo-. Confiese que se encontraba..., vamos, enamorado de la mujer, de la Remigia...

-No, señor. ¡Ni por soñación! -exclamó sinceramente el criminal-. Pero... ¿qué iba yo a andar namorao de la pobre de Remigia, que parece una aceituna aliñá, tan denegría como está de carnes, con lo que el marido, mi vítima, le arreaba a todas horas? Lo digo como si me fuese a morir: en ese caso de arrimarme, primero me arrimo a un brazao de leña seca que a la Remigia. Por éstas, que no se me ha pasao nunca semejante cosa ni por el pensamiento.

El abogadito, de recortada y perfumada barba, que había realizado tantas conquistas en sus años, relativamente pocos, se quedó confuso al notar que aquel hombre vigoroso y mozo también no mentía. Acostumbraba Fuentes explicárselo todo o casi todo por la atracción que ejerce sobre el hombre la mujer, y viceversa, y sus derroches de elocuencia los tenía preparados para el caso natural de que el oficial de zapatero Juan Vela, Costilla de apodo, hubiese matado a Eugenio Rivas, alias el Negruzo, por amores de la señá Remigia, mujer de este último y dueña de un baratillo muy humilde en la calle de Toledo.

Sólo con la clave amorosa podía el defensor reconstruir el drama lógicamente. Vela era huésped de los esposos Rivas. Nada más infalible que la inclinación o el "lío" entre el huésped y el ama. El marido, bruto y vicioso, desloma a golpes a su mujer, acaso por celos. En la casa hay un hombre que lo presencia y que está prendado de la mártir. La pasión le exalta; el espectáculo le es intolerable, y un día, ante tratamientos más horribles, al ver que el marido enarbola una silla para descargársela a la mujer en la cabeza, se interpone, ve rojo, empalma la faca y la sepulta, una, dos, tres veces, en el cuerpo del verdugo. ¿Quién no hubiese hecho lo mismo? ¿Quién, ante el martirio de una mujer que se ama, no se arrojaría a matar, ciego, anulada la voluntad, suprimido el albedrío, impulsado irresistiblemente por la violencia de la pasión que todo lo arrolla? ¿Quién responde de sí mismo en tales ocasiones, ante tales conflictos del alma?

Por estos caminos contaba dirigir su brillante peroración forense el abogado, seguro -a poco que apretase por varios lados, especialmente en algunos periódicos donde disponía de amigos- de un triunfo más sobre los ya obtenidos en su carrera refulgente, que le llevaba hacia un bufete lucrativo. Y he aquí que toda la combinación se venía a tierra, y a la poesía del crimen pasional, ardiente, típico, sustituía la prosa de un vulgar asesinato.

-Entendámonos -murmuró, haciendo con la mano derecha la señal de esperar-. Usted no tenía nada con la Remigia; la Remigia... no le seducía a usted. Bueno. Y entonces, amigo Juan, ¿cómo me explica usted el hecho de autos? ¿Por qué montó usted al Negruzo? ¿Había mediado entre ustedes alguna cuestión?

-No, señor. Cuestión, ninguna. Al contrario; en el taller nos llevábamos perfectamente. Aquella mañana, la del día en que pasó el "disgusto", estuvimos echando unas copas en la taberna del Pelele, y me las pagó, por cierto, él.

-¿Estaban ustedes, o uno de ustedes, embriagados cuando ocurrió el hecho?

-Tampoco, tampoco. Yo nunca lo he tenío por costumbre, y el Negruzo, que la cogía a menudo, entonces no la cogió, porque total fueron dos copillas, y de mañana, y la cosa pasó al retirarnos.

-Siendo así, ¿cómo se comprende...?

-Fue de esas cosas..., vamos, de esas cosas que hace un hombre..., sin saber muchas veces ni por qué las hace. Verá usté... Yo tomé posada en ca el Negruzo porque él se empeñó, diciéndome que estaría muy bien y muy bien. Tocante al hospedaje, no tengo na que decir: su buen cocido, su buena cena, la cama aseá, y todo según corresponde. Pero a mí me llevaba el demonio viendo el trato que le daba aquel tío a su mujer delante de mí. Que la matase allá en su alcoba, malo será; pero nadie tié que meterse; para eso era su señora. En mi cara... era cosa de avergonzarme. Estar un hombre presenciando que a una mujer la hacen tajás, y dejarlo... vamos, que se le requema a uno la sangre. Yo en jamás le levanté la mano ni a mi madre ni a mis hermanas cuando vivía con ellas. Es mala vergüenza para un hombre el sacudir a las hembras, y más si son como la Remigia, que se cae de puro honrá.

Así se lo dije al Negruzo muchísimas veces, y si hubiese quedado con vida él no lo negaría, que por amonestao no quedó. ¿Sabe usted, don Jacinto, lo que me contestaba el fresco? Que la Remigia era tan fea, que le chocaba que la saliesen defensores. "¿Para qué se quieren las feas y las flacas esmirriás en el mundo?", era lo que decía. Y yo le replicaba: "Pues mira: cuando atices leña a la Remigia, procura que no esté yo elante, porque un día me atufo y hago una barbaridá"; y se reía, se reía a carcajadas: "Anda, que le ha salío un galán a la Remigia." Y usted dirá -prosiguió el asesino- que siendo la Remigia tan buena, no se entiende por qué la pegaba su hombre... Pues ahí está lo que me sacó de mis casillas. Ver que no había motivo; pero ¿qué motivo?, ni como el que dice tanto así de la sombra de pretexto. Que si la sopa de fideos era un engrudo..., que si los garbanzos estaban duros..., que si los chicos lloraban..., que si faltaba un botón a la blusa... Todo mentira las más veces...; y un descuido lo tiene cualquiera, me se figura. En fin, que el día de la cosa..., de la desgracia..., porque en medio de todo, desgracia fue..., pues el Negruzo entró en su casa de mal talante, y sin reparar que estaba yo allí, y también el mayor de los niños, una criatura de ocho años, la tomó con la Remigia, y por primera providencia le pegó dos puñetazos en el pecho. Y como ella se echó a llorar, la dio una patá en una pierna que la tiró al suelo, y ya que la vio en el suelo, alzó una silla para darla Dios sabe dónde... Y entonces, un servidor...; na..., el demonio... Me lo hubiese comido, vamos; le di tantas, sin saber lo que estaba haciendo, que me contaron después que hasta le "secioné" una oreja y tres dedos de la mano... No, por avisado no fue; que se lo advertí veces. ¡Y no hubo más!... ¡Ah! Sí. El chico pequeño, cuando yo me harté de dar, vino a mirar a su padre, que ya no se movía, y me dijo muy calladito: "¡Bien hecho!"

El abogado, silencioso y ceñudo, reflexionaba:

-Se hará lo posible... Pero como no se trata de un crimen pasional, no me atrevo a que usted esté muy esperanzado... ¿Por qué no dice usted, cuando llegue el caso, que andaba usted prendado de la Remigia?

-Porque sólo con verla, señor, no lo creerán... Y tampoco es mu regular eso de calumniar a una mujer decente.

"Pues lo que es éste, de presidio no se escapa", pensó el defensor malhumorado, y resolviendo ya, en su interior, no "apretar" en aquel asunto borroso y deslucido.

-La única mujer que me ha trastornado inspirándome algo espiritual, algo dominador -dijo Tresmes evocando uno de sus recuerdos de galanteador incorregible-, ni era bonita, ni elegante, ni descendía del Cid... Por no ser nada, tengo para mí que ni aun era "virtuosa", en el sentido usual de la palabra. Para mí, virtuosa fue, o dígase inexpugnable; y acaso sea ésa la verdadera razón de mi sinrazón, porque, créanlo ustedes, estuve loco.

Ante todo, referiré cómo la conocí. Es el caso que otra mujer, Marcela Fuentehonda... ¿No os acordáis? ¡Fue tan público aquello! Sí, Celita, mi prima, a la sazón mi "doña Perpetua" (ya íbamos cansándonos de constancia, preciso es decirlo en elogio de los dos), un día en que nos aburríamos más de la cuenta y temblábamos ante la perspectiva de pasarnos la tarde entera poniendo bostezos de a cuarta entre un "paloma" y un "mía", me propuso lo que acepté inmediatamente: ir a consultar a una adivina, sonámbula o qué sé yo, recién llegada a París. Dicho y hecho; nos embutimos en un simón -a esas cosas no se suele ir en coche propio-, llegamos a la calle de la Cruz Verde, nombre fatídico que recuerda la Inquisición, subimos una escalera destartalada y entramos en una salita con muebles antiguos, de empalidecido damasco carmesí...

-¿Y cómo es que una hechicera parisiense se había metido en tal tugurio? -preguntamos al vizconde.

-¡Ah! Ella vivía en un hotel; pero, para mayor misterio, consultaba en aquella casa, que desde tiempo inmemorial habitaban las brujas de Madrid. Sí, es una morada -lo averigüé entonces- donde nunca falta quien eche las cartas y practique los ritos quirománticos.

Soltamos la carcajada, sin que Tresmes uniese su risa a la nuestra, de un superficial escepticismo.

-Esperamos -continuó- cosa de media hora, y la espera irritó la curiosidad. Sin embargo, tomamos la cosa como travesura. Cuando nos hicieron pasar al gabinete, nos dábamos al codo. Aunque era día claro, las seis de la tarde en abril, las ventanas estaban cerradas herméticamente, y la habitación, revestida de paños negros, la alumbraban cirios en candeleros de plata. Ante una mesita con tapete de raso negro vi sentada a la bruja. ¿Me permiten ustedes que la llame así? ¡Como que jamás he sabido su verdadero nombre!

-Vaya por la bruja -respondimos burlones y condescendientes.

-La bruja, pues, era una mujer joven, pálida, muy pálida, casi demacrada, cuyos ojos, de un color de avellana amarillento, hervían en chispas de luz como la venturina al sol. Sus labios eran demasiado rojos; su pelo, lacio, negro, abundante, debía de pesarle. Vestía una bata grana y llevaba al cuello un collar de amuletos egipcios...

-¡Estaría hecha una birria! -exclamamos algunos, que habíamos determinado poner en solfa el cuento de Tresmes.

-Eso opinó Celita cuando salimos a la calle -repuso él-; pero ¿qué sabemos lo que es "risible", lo que es "ridículo"? El convencionalismo social dicta leyes; la pasión nos las conoce... Desde que puse los pies en el gabinete negro de la bruja me sentí, ¿cómo explicarlo?, "fuera" de o "sobre" lo convencional. Mi prima Celita, intachablemente vestida, me produjo el efecto de una muñeca. Los ojos chispeantes de la bruja me habían sorbido el corazón.

Sin levantarse, sin ofrecernos asiento, nos preguntó cuál era el objeto de nuestra visita.

-Que nos diga usted la buenaventura -gritó Celia, aturdidamente-. Mi hermano y yo (al decir "hermano" me miraba con malicia involuntaria) queremos conocer el porvenir.

-Denme ustedes a un tiempo la mano -contestó la bruja; y reuniendo mi diestra abrasada y temblorosa con la de Celita, pronunció lentamente, sin mirarnos, con los ojos puestos en el techo-: Hermanos, no. Enamorados, tampoco. Parientes... y ligados por un lazo que ya se afloja.

Nos miramos con miedo. No cabía más amarga y completa lucidez. La bruja soltó mi mano, conservando asida la de Marcela; la extendió abriéndole la palma y me hizo señas de que alumbrase con un cirio.

-¿Debo decir la verdad? -preguntó gravemente.

-Venga la verdad -tartamudeó Celita, impresionada.

-Pues la línea de la vida, en usted, hace una rápida inflexión, ¡tan rápida...!

-¿Es... presagio... de muerte?

-Pudiera serlo... No lo afirmo así, en absoluto... Sólo..., convendría que tuviese usted cuidado...

Celita quiso reír, pero su risa era forzada y su cara estaba lívida.

-¿Y yo? -pregunté para distraerla, tendiendo a mi vez la mano. La bruja la tomó y sentí como una fuerte corriente eléctrica que atravesaba mi cuerpo.

-Usted... ¿A ver? Tenga la bondad de alumbrar, señora... ¡Oh! ¡Larga, muy larga existencia! Ni los excesos ni los placeres han conseguido atacar la vitalidad. A no ser por muerte violenta... La sangre que veo -continuó con una especie de extravío- es ajena. ¡Esta mano sabe dirigir la bala!

Tresmes calló un instante, preocupado; todos le imitamos, recordando su famoso desafío con Lamira, a quien había clavado una en mitad del corazón.

-En fin -prosiguió después de un rato de silencio-, salimos de allí, y aunque Celita declaraba haberse divertido muchísimo, en realidad íbamos los dos preocupados; ella, temblando ante la idea de la muerte; yo, sin poder olvidar el rostro descolorido y los ojos de venturina. Al otro día, a la misma hora, me fui solo a la calle de la Cruz Verde. Recibido por la bruja, no sé qué le dije; le confesé el atractivo que en mí ejercía, la fuerza psíquica que tenía sobre mí. Helada y serena, me señaló una silla, y emprendimos larga conversación entre el olor de iglesia de los encendidos cirios y el tétrico silencio de una habitación tan semejante a una cámara mortuoria.

Algo emanaba de aquella mujer que yo no había hallado en ninguna. Conocedor y experto en el género -creo que ustedes saben que no es jactancia-; coleccionista de impresiones femeniles; aficionado al amor como otros al objeto de arte, encontraba allí "lo nuevo", y nada escasea en amor como la novedad. Si he de definir mis sentimientos por medio de una contradicción, diré que al lado de la bruja experimentaba lo que llamaré "frío ardiente". Todo en ella era glacial: su piel marmórea, lisa, semejante a un témpano; su rostro impasible de sibila; su habla solemne; el mirar de sus ojos de ágata, transparentes como un vino puro. No necesito decir que rompí con Celita; fue un trueno silencioso, sencillamente; no volví a poner los pies en su casa. Pasaba las tardes en el gabinete negro, tratando de leer en el alma enigmática de mi bruja, ¡en su alma, lo único de que yo sentía inextinguible sed! Averigüé que no era francesa, sino dinamarquesa; que no tenía familia, parientes ni

allegados; que desde los quince años rodaba por el mundo, y que estaba casada, aunque no vivía con su marido.

-Mi esposo -díjome un día con orgullo- es un príncipe de la más ilustre progenie; sus dominios son tan vastos, que jamás podrá medirlos; su poder no reconoce límites; ningún soberano compite con él. Como sabe que tantas mujeres le adoramos, nos hace poco caso, y nos es infiel sin cesar. Conmigo sólo pasó un día -el de nuestras bodas-, y desde ese día le idolatro. ¡Nadie borrará su recuerdo, nadie!

Al pronto me causó suma extrañeza la conseja del príncipe archimillonario y poderosísimo que deja a su mujer ganarse la vida diciendo la buenaventura, y declaro que creí que la bruja mentía por vanidad; pero después una idea hirió mi imaginación, y se me ocurrió que el tal príncipe... sólo podía ser... ¡Ea!, si se ríen ustedes, me callo. Ese "personaje" no está de moda, y, sin embargo, ¡caramba, confiésenlo!, en él "nos movemos, vivimos y somos" todos los pecadores y epicúreos de la coronada villa y de cuantas villas existen. La ocurrencia de que el esposo de la bruja era ni más ni menos que... el mismo "Diablo"; sí, ríanse cuanto quieran...; me empeñó más en su insensato amor, sin esperanza alguna. ¡Rival de Lucifer! Eso no se ve todos los días. Al tocar la mano de la bruja, el hielo de su piel me encendía el alma. Llegué a creer lo que cuentan de la posesión diabólica...

-¿Y cómo acabó esa rara manía, vizconde? -insistimos.

-¡Ah! De un modo extraño también. Ya me dirán si me equivoco... Oigan ustedes. Andaba yo más embebecido que nunca en mi pasión del otro mundo, cuando, casualmente, al leer un periódico, me encuentro con la noticia de que Celita había muerto... Una imprudencia a la salida de un baile; un enfriamiento... No sé qué enfermedad repentina... En fin: que aquel día la enterraban. Profundamente emocionado al ver realizada la profecía de la sibila resolví acudir al funeral; ¡no podía hacer menos! Al entrar en una iglesia, por primera vez después de muchos años, creí divisar a la bruja en la puerta, abriendo sus brazos blancos y sin calor para estorbarme el paso. Instintivamente -¡hábitos de la niñez!- me persigné, murmurando restos de una oración casi borrada de mi memoria. Entonces desapareció la figura de mujer y pensé ver el ataúd de Celita cubierto de paños negros y oí con terror, ¿a qué negarlo?, los rezos de difuntos... Me posterné de rodillas, hecho un doctrino. ¡Pobre Celita!

Hubiese jurado que su voz, llorosa y débil, pronunciaba mi nombre... Se me enmudecieron los ojos..., y fue como si me arrancasen del pecho una raíz muy larga, de planta venenosa; ¡se me borró enteramente la imagen de la bruja! Ni volví a pasar por la calle de la Cruz Verde. ¡Cuando pienso que, ocho días antes, me había revolcado a sus pies, rogándole que se divorciase de mi rival y aceptase mi mano...

Y Tresmes, sacudiendo la ceniza del cigarro, añadió:

-Ante el amor, más aún que ante la muerte, debemos reconocer que "no somos nadie"... Polvo y ceniza.

Cuando pasa la reducida cajita blanca con filetes azules o color de rosa, que en hombros va camino del cementerio, no volvemos la cabeza siquiera. El tráfago del vivir es tal, que no hay tiempo de mirar cómo desfila la muerte, segando capullos con el mismo brío certero con que siega los árboles añosos.

Aquella caja, sin embargo -rosados eran los filetes-, me obligó a recordar un incidente ya olvidado... La señora que me acompañaba me refrescó la memoria...

-¿Sabe usted de quién es el entierro? Pues de la chiquilla bonita que le llamó a usted la atención..., ¡y mucho!, en la visita a las escuelas municipales, cuando fuimos a designar las niñas para la colonia escolar del año...

-Hace ya lo menos dos o tres que sucedió eso... Sí; me acuerdo ahora perfectamente: una criatura morena, de facciones de cera, perfiladitas, con unos ojos oscuros, grandes, que le comían la cara, y unos rizos negros también, flotantes por los hombros; una melena maravillosa... ¿Y es ésa?

-Ésa misma...

Evoqué la escena, el rebaño de criaturitas en pie ante sus pupitres, respetuosamente derechas e inmóviles a la voz de la profesora. Una serie de cabecitas mal peinadas, de pelo bravío, corto y revuelto; de semblantes colorados y cachetudos, o macilentos, señalados por el linfatismo con el estigma que anuncia tan graves desórdenes fisiológicos para el porvenir; un calabazal gracioso a veces -¡la niñez es tan fácilmente graciosa!-, pero, en conjunto, entristecedor, como lo son las muchedumbres infantiles de asilos y hospicios, como suele ser la prole numerosa de los necesitados... Las privaciones -que se revelan para el hombre de ciencia en el peso, en la estatura, en la estructura ósea del chiquillo- las descubre el novelista en lo reviejo de la tez, en la impureza de los ojos, en la naciente deformidad de los miembros... El niño está más cerca que el adulto de la vida vegetativa; bien cuidado, parece una flor regada y lozana, mal cuidado, es la planta que se ahíla por falta

de agua y de aire. Entre el plantel destacóse la niña de los rizos, y ante el tono algo céreo de su menuda faz encantadora, a un tiempo resolvimos: "Ésta necesita playa y campo."

-Habrá que cortarle el pelo -observó alguien de nosotros, en el tono con que se reconoce una necesidad dolorosa, porque el pelo nos había deslumbrado desde el primer momento, como deslumbra la pluma magnífica, tornasolada, de un ave tropical. Sabíamos de sobra que la rapadura es el rito inicial de caridad y de higiene en las colonias. De caridad, porque es preciso tenerla para realizar y hasta para ordenar y dirigir esa operación, que descubre tantas veces en las cabelleras infantiles la fauna asquerosa de la miseria; de higiene, porque al niño que le medran los cabellos se le desmedra el cuerpo, es sabido... Ni aun para los hijos de los ricos, familiarizados con el peine y los petróleos de tocador, es bueno cultivar esos bucles de paje del siglo XV.

Sin embargo, desde que pronunciamos las fatales palabras "Habrá que cortarle el pelo...", comprendimos que no sería fácil... La niña, fijándonos desde lo hondo con el par de moras maduras de sus ojazos, parecía decirnos silenciosa y expresivamente: "No me quitaréis mis rizos, no tal..." El lacito colorado, que una coquetería de madre engreída de la belleza de una criatura había prendido cerca de la sien izquierda, era como banderín de la vanidad de aquellos siete u ocho años ya femeniles. Y los ojos sombríos nos miraban maldiciéndonos, y las facciones hechas a torno se contraían con mohín de repugnancia...

Al día siguiente lo supimos ya de un modo positivo, por referencias diversas: la niña de los rizos no vendría a la colonia. Su familia compartía la opinión de que la salud no compensa el desmoche de unos tirabuzones tan ricos y tan ondeantes. Mejor dicho (conviene ser exactos), aquel menaje de obreros habituados a la vida sórdida y angustiada, en que si no falta el pan del todo, no hay nunca de sobra; reñido con el jabón y el aseo, en la promiscuidad y estrechez del domicilio, creía firmemente que eso de rapar a los chicos es una manía de burgueses metidos a filántropos que distraen el aburrimiento inventando molestias a cambio de problemáticos beneficios. ¡Llevarse a la chica un mes a la playa! ¡Gran puñado son tres moscas! ¡Y, en cambio, quitarle aquellos rizos, orgullo de la madre, envidia de las demás chiquillería y comadrería del barrio! El único lujo del hogar, lo que hacía sonreír babosamente al padre cuando conducía a su hija al "gallinero" del teatro por horas, o al "cine", y en el ambiente viciado, del etéreo, cargado de olor humano, resonaban las frases de admiración. "¡Mira ese pelo!... ¡Mira esa pequeña! ¡Si parece un cromo!"

Tuvimos que sustituir a la niña de la melena por otra, que se dejó pelar sin oposición, aunque no sin pena, pues es increíble el cariño que tienen a su áspera zalea hasta los chicos más feos y pobres. Las criaturas fueron lavadas y fregadas; averiguaron que a unos huesos que tenemos en la boca hay que frotarlos diariamente con cepillo; se vistieron de limpio, comieron a mantel blanco, con flores silvestres en el centro y servilleta nívea; corretearon en la playa, ganaron en peso y estatura; se pusieron alegres y morenas, el moreno sano del pan íntegro..., y volvieron al pueblo contentas, envanecidas del veraneo aquel, con hábitos de "señoritas", que en sus casas eran reprobados...

La de los rizos seguía causando la misma impresión, mientras jugaba en el arroyo, vestida de percal rosa sucio y con el moñito rojo entre las alborotadas y finas ondas del soberbio pelo. Sin embargo, transcurrido bastante tiempo después del día en que la conocimos, las frases de la gente que la admiraban se habían modificado un poco. "¡Qué pelo!", era siempre lo primero, y después: "¡Está consumidita!... ¡Qué color tan malo!..." La gente del pueblo, nadie lo ignora, no se anda en contemplaciones para decir lo que piensa en la cara de todo el mundo... Hubo quien soltó crudamente:

-¡Qué lástima! Ésta no llega a grande...

¿Cayeron en la cuenta los padres? ¿Consultaron médico? Ello es que, al cabo, la madre murmuró tristemente la misma frase por todos pronunciada:

-Habrá que cortarle el pelo...

El desconsolado llanto de la niña -próxima a convertirse en mujercita- impidió que se verificase la poda... El doctor que la vio -postrada ya en mal jergón, que compartía con dos hermanos menores- movió la cabeza, y decidió que era inútil darle el disgusto. De todas maneras, había de ser igual... Y los rizos no cayeron bajo la fría mordedura de la tijera, y envuelta en su regia aureola de sombra, la colocaron en la exigua caja blanca con filetes rosados, que los compañeros del padre -marmolistas, gente muy familiarizada con el cementerio y sus esplendores- conducían a hombros cuando acertamos a verla...

En el fondo de mi alma de artista -¿a qué negarlo?- latía una especie de respeto ante aquella muerte ocasionada por el culto ciego, inconsciente, idolátrico, de la Belleza... Yo hubiese mandado a tiempo trasquilar a la desdichada. Absalona, víctima de su hermosa cabellera; sí, en nombre de la Ciencia y del bien, yo hubiese dispuesto sin ningún escrúpulo ese crimen... Pero, como tengo dos almas -¡dos lo menos!-, me gusta que en el ara de la eterna Hermosura se sacrifiquen sin piedad niños y adultos. El olor de tales sacrificios es grato a la impasible Diosa...

¡Qué juventud y qué edad madura tan laboriosas y aperreadas las de don Zoilo Terrón! Sin una hora de descanso y recreo, sin un minuto que pertenciese al gusto y al solaz, vivió don Zoilo, no como la ostra -al fin, la ostra no trabaja-, sino como la polilla, que roe y roe y no sale de su rincón, no deja su viga telarañosa, no despliega nunca sus alas, buscando lo que las mariposas: luz, calor solar y entreabiertas flores.

Resuelto a ganarse un caudal, porque don Zoilo veía en el dinero la clave de la vida y el eje del mundo, sudó, se afanó y atesoró con incansable codicia, hasta llegar a la suma deseada. Cebado en la asidua labor, no supo don Zoilo lo que era pasear, ni se miró al espejo, ni cuidó de su salud, ni se enteró de que ya iban encorvándose sus espaldas y pesando sobre su cuerpo, recio como plomo, los años. Sólo cuando se encontró poderoso, dueño de la riqueza pingüe que de antemano se propusiera obtener, entró a cuentas consigo mismo y advirtió que no había disfrutado miaja ni catado los goces lícitos y sabrosos de la existencia. "He sido una bestia de carga", pensó, lleno de remordimiento y de melancolía. "Esto no puede quedar así. A ver si una vez, por lo menos, soy un racional. Es preciso que yo me case, que tenga familia y pruebe sus alegrías y sus expansiones, y, además, que mi mujer me guste mucho..., tanto como me gusta Casildita Ramírez, la viuda que vive en el segundo piso."

Al hacer estas reflexiones conoció don Zoilo que precisamente la Casildita susodicha era la que le venía pintiparada, porque su lozana beldad, y su sandunga encantadora le sugerían un remolino de ideas bucólicas y juveniles. Al ver de cerca a Casildita, a quien solía encontrarse por la escalera, don Zoilo sentía que toda su malograda mocedad le subía a la cabeza y de allí bajaba al corazón en olas de sangre. Y como el dinero infunde gran aplomo y arrogancia, don Zoilo no titubeó, y sin demora subió a casa de la linda viuda, celebrando con ella una entrevista y descubriéndole llanamente su cristiano y honrado pensamiento.

Estaba Casildita, cuando recibió la fulminante declaración del opulento don Zoilo, más mona aún que de costumbre, porque la sorpresa y la malicia hacían chispear sus grandes ojos morunos, y avivaban la risa en sus labios, y cavaban los traviesos hoyuelos en sus mejillas pálidas y frescas como las hojas de la magnolia. Jugando con un diminuto perrillo de lanas que parecía una bola de cardado y crespo algodón, oyó Casilda las extremosas palabras del vecino, y así que éste acabó de formular su súplica, la viuda, halagando al gracioso animalejo por quien se trocaría de muy buena gana don Zoilo, respondió categóricamente:

-A la verdad, lo que usted me propone, para penitencia es atroz, y para ganar la gloria puede que no baste. No me atrevo, vamos, no me atrevo. Si tuviese usted diez añitos menos, diez añitos... Pero ¡si está usted más gris que las ratas y más desdentado que un serrucho viejo! Se reirían de nosotros cuando fuésemos juntos por la calle, créalo usted, ¡la gente es tan mala...! Sólo por eso no le complazco a usted, que por lo demás, es usted persona muy apreciable y muy digna.

Salió don Zoilo del cuarto de la viudita desazonadísimo, y al mismo tiempo convencido de que nunca le había gustado tanto, que se moría por ella, y que todas aquellas cosas que había leído que les pasaban a los enamorados furiosos las sentía él en grado heroico y superfino. "¿De qué sirve el dinero -iba rumiando- si no sirve para tener, cuando a uno se le antoja y lo necesita, el pelo negro como la noche y unos dientes que deslumbren de blancos?" Y de pronto, como al que va a ahogarse se le ocurre asirse a un clavo muy delgadillo, ocurriósele a don Zoilo que con "guano" se compran también dientes y pelo.

A escape, el mejor dentista de Madrid -por supuesto, norteamericano- se encargó de amueblar espléndidamente el tenebroso antro de la boca de don Zoilo con una doble fila de mondados piñones, iguales, relucientes y parejos. Llegó después la vez al peluquero -francés, quién lo duda-, y valiéndose de una serie de botecillos de cristal y hasta media docena de cepillos y brochas, hizo pasar la cabellera de don Zoilo del gris amarillento al castaño oscuro, y del castaño oscuro a un negro de carbón, profundo, casi puedo decir que insolente. La misma prolija operación, realizada con la barba, arrancó a don Zoilo una exclamación de pueril regocijo, porque el mágico licor de los empecatados botes le había aliviado del peso de veinte años lo menos, dejándole el rostro encerrado en un marco que afrentaba a la endrina y al ala del cuervo también.

A contemplar la restauración vino el ortopédico con una faja-corsé, firme represión de abdomen y derechura del espinazo, y el sastre y el ayuda de cámara coronaron la obra, ataviando, perfilando, atusando y componiendo a don Zoilo, dejándole hecho un petimetre, según los últimos decretos de la moda. Remozado así, perfumado, con un capullo en el ojal y radiante de esperanza, don Zoilo subió otra vez las escaleras, y sin que le anunciase nadie, cayó como una bomba en el coquetón gabinete de Casildita. Era tal su arrebato, tan grande la turbación que el instante aquel le producía, que sólo acertó a murmurar, en entrecortadas frases, una nueva declaración más apasionada, más vehemente que la anterior, y a repetir la proposición de casamiento, entre protestas de exaltada ternura Casildita le oía y contemplaba con evidente asombro, y callaba, aguardando a que acabase su relación el galán.

Así que éste hizo un compás de espera, tal vez por necesidad de respirar, la viuda, abarquillando las orejas rizosas y suaves del perrito, y con un sonreír que era el abrirse de una rosa en una mañana de mayo, pronunció con ingenua picardía:

-El caso es que no puedo complacerle en lo que me pide, y bien lo deploro.

-¿Por qué? -articuló don Zoilo, con anhelo infinito.

-Porque hará cosa de quince días estuvo aquí con la misma pretensión su señor papá, empeñado en pedir mi mano..., y después de dar calabazas a una persona más respetable que usted, no es cosa de decirle a usted que "sí".

Obligado a trasladarme a una capital de provincia, al noroeste de España (de esta España que los extranjeros se imaginan siempre achicharrada por un sol de justicia), hice mis maletas, sin olvidar la ropa de abrigo, aunque, lo que refiero sucedía en el mes de mayo, y al subir al tren me instalé en el departamento de "no fumadores", esperando poder fumar en él a todo mi talante, sin que me incomodase el humo de los cigarros ajenos, pues ese departamento suele ir completamente vacío.

En efecto, hasta el amanecer, hora en que nos cruzamos con el expreso de Francia, nadie vino a turbar mi soledad. Dormía yo profundamente, envuelto en mi manta, cuando se realizó el cruce. No sé si a los demás les sucede lo que a mí; si también notan, dormidos y todo, la sensación extraña y oscura de no estar ya solos; de la presencia de "alguien". Yo percibí esa sensación durante mi sueño, y poco a poco me desperté. A la luz blanquecina del amanecer vi en el asiento fronterizo a un viajero. Era un mozo de unos diecinueve a veinte años, de cara fina e imberbe. Su oscura gorrilla de camino, parecida a la prolongada toca con que representan a Luis XI, acentuaba la expresión indiferente y cansada de su fisonomía y la languidez febril de sus ojos, rodeados de ojeras profundas. Sus manos enflaquecidas se cruzaban sobre el velludo plaik, que le abrigaba las rodillas y le tapaba los pies; caído sobre el plaid había un volumen de amarilla cubierta.

Mi imaginación, activa, tejedora, sobreexcitada además por el movimiento del tren, se dedicó al punto a girar en torno del viajerito enfermo. Discurrí manera de entrar en conversación con él, y la encontré en el socorrido tema del cigarro.

-Sin duda le incomoda a usted el humo, cuando se ha venido a este departamento -pregunté, haciendo ademán de embolsar la petaca después de haberla sacado como por inadvertencia.

-No, señor -contestó el mozo con voz opaca y mate, cual si realizase un esfuerzo penoso-. Puede usted fumar. Yo también fumaría, si no me lo hubiesen prohibido.

-¿Está usted... indispuesto? -pregunté, demostrando interés; y la repuesta afirmativa me dio hecha la plática que deseaba entablar. Nadie se resiste a hablar de sus padecimientos, sean reales o imaginarios. Mi compañero, dengosamente al principio, animándose gradualmente después, me enteró de cuanto quería: era venezolano, hijo de español; venía de París, adonde le había enviado su familia para que se instruyese y formase; y, atacado de un mal indefinible, tal vez neurosis complicada con anemia profunda, se dirigía, por consejo de los médicos, a pasar el verano en el noroeste de España en casa de un hermano de su padre, rico propietario, dueño de una quinta en el valle de la Rosa.

Al oír este nombre, tan dulce y sugestivo, batí palmas: el valle de la Rosa estaba cerca de la ciudad a que me encaminaba yo.

-¿Conoce ese sitio? -preguntóme con el peculiar acento de su país mi compañero de viaje, que se enderezó, echando a un lado la manta.

-¡Sí lo conozco! -respondí-. He vivido más de tres años en Urbigena, adonde voy ahora otra vez, y el valle de la Rosa, en que veraneábamos, lo tengo tan presente como si lo estuviésemos viendo, como lo veremos a mediodía desde esa ventanilla. ¡Qué valle! No cabe soñar nada más divino. Vamos a pasar una serie de montañas abruptas, y hasta áridas y peladas por lo menos en esta estación, pues en junio se cubren de terciopelo verde; pero el valle, que recoge todo el sol y toda el agua de las arroyadas del invierno, ¡es un vergel, un paraíso! Le sorprenderá a usted el cuadro que presenta, y sorprende a cuantos lo ven por primera vez. En este tiempo del año, los árboles están igual que si hubiese nevado copiosamente, de tanta flor como los reviste; los albaricoqueros y los pavíos son plumaje rosa pálido; las fresas rojean y huelen a gloria; los senderos están llenos de violetas tardías, y las camelias, que allí son árboles corpulentos, tienen al pie una alfombra de hojas

encarnadas de una carta de espesor. Verá usted qué verde tan delicado el de los praditos, qué de agua cristalina en las fuentes; y por los setos, cuánta rosa silvestre; han dado nombre al valle. Y no es sólo la flora: hay la poesía de la Humanidad también. ¡Las aldeanitas! ¡El día que se cuelgan los aretes de filigrana y se atan el "dengue" con las cintas de seda! No sé si ellas son realmente tan guapas, o es que las hermosea la Naturaleza, que lo embellece todo.

El mozo guardaba silencio, con el ceño fruncido y una chispa de descontento en las negras pupilas; y de pronto, mirándome fríamente, murmuró:

-¡La Naturaleza! Para mí no hay cosa más antipática.

La extrañeza me impidió hasta protestar. Me quedé turulato, como solemos decir cuando oímos una herejía muy gorda, algo que echa por tierra afirmaciones que creemos indiscutibles y evidentes. El enfermo, sonriendo con sarcasmo, continuó:

-Ya ve usted si he nacido, en un continente de Naturaleza espléndida... Supongo que por lo mismo la detesto doble. Todo lo natural me parece estúpido, bueno sólo para la gente rutinaria y mansa...: para los especieros, como decimos en París. ¡El agua, los bosques, los prados, las florecillas del campo! ¡Beeee! -emitió el balido de la oveja-. ¿Qué sentido puede encontrarse en nada de eso? ¿Dónde existe función más mecánica, menos intelectual que la de la Naturaleza? Llueve, brota la vegetación; hace sol, se agosta; llega el otoño, las hojas caen; viene la primavera, vuelta a salir... Es puramente animal; ruin fisiología. No sé por qué la manía de conservar la vida ha de hacernos transigir con las cosas más opuestas a nuestros gustos y nuestras convicciones... Yo preferiría morir en París, en el bulevar, con su asfalto, que vivir en ese valle de la Rosa, que, por su descripción de usted, debe de ser el arquetipo de la vulgaridad, el oasis de un paisajista cursi. Diré a usted

más: no existe tal Naturaleza. La hacemos nosotros; la creamos, y sólo cuando la creamos vale algo y tiene sentido. ¡La Naturaleza! Es la enemiga del arte y de la ficción, lo único hermoso; la ficción encantadora... Al llegar al valle escupiré sobre la primera Rosa que me salga al paso..., sea vegetal o sea de carne...

Al decir estas amenidades, matices de carmín tiñeron las mejillas demacradas del joven enfermo, y sus labios, que apenas sombreaban una dedada de bozo oscuro, se contrajeron irónicamente.

-La belleza -prosiguió, notando que yo me escandalizaba, y encantado de ello-, la belleza no es lo natural, sino al contrario, lo artificial, obra del hombre, creación de su inteligencia emancipada del ciego instinto. No me dé usted el racimo, sino el licor; no la tez virginal y lavada en agua pura, sino la que ha curtido e impregnado el amor y adobado la perfumería; no el bloque de mármol, sino la estatua de Capeaux; no la rosa rústica de los setos, sino la orquídea monstruosa criada en estufa; no el animal viviente, sino la sierpe de esmalte y pedrería o el pájaro que canta por mecanismo. La obra del hombre civilizado va en sentido contrario a la Naturaleza. La Naturaleza se acuesta temprano, y nosotros, tarde, haciendo de la noche día; la Naturaleza es sencilla, y nosotros somos complicados; la Naturaleza no aspira sino a perpetuar la especie y nosotros..., ¡qué diablo!, ¡si la pudiésemos suprimir...!

Éstas y otras teorías análogas desarrolló exaltadamente mi interlocutor, mientras nos acercábamos al valle, que por fin avistamos cuando el sol ascendía a su cenit. Viva fragancia de madreselvas, en ráfagas de esencia arrancadas por el airecillo juguetón, penetraba en el departamento; y en un prado de un verdegay ideal, una gran vaca, roja, acostada, parecía inmóvil, esfinge de cobre. Allá abajo se posaban, como grupos de palomas torcaces, las casitas, y cerca de nosotros una fuente, sombreada por sauces pálidos, se desataba murmuradora, dándome envidia de beber un trago en el hueco de la mano, a la manera primitiva. Confieso que olvidé enteramente a mi compañero de viaje para recrearme en aquellos pormenores, y sólo recordé al notar que el tren se detenía en la estación y escuchar que el artificialista me decía:

-Feliz viaje, adiós; he tenido gusto en conocerle. ¡A su servicio!

Saludé y tendí la mano, declarando mi nombre y profesión: Félix Llaguno, magistrado...

-Aristeo Abigail Fierro, poeta -respondió, no sin algo de sequedad altanera, el enfermo, volviéndose para recoger su pulcro maletín de cuero inglés y su sombrerera, que entregó al criado que le esperaba con un birlocho.

Y como yo hiciese un involuntario movimiento al oír lo de "poeta", añadió:

-Poeta decadente.

Después de una semana de zarandeo, del Gobierno Civil a las oficinas municipales, y de las tabernas al taller donde él trabajaba -es un modo de decir-, preguntando a todos y a "todas", con los ojos como puños y el pañuelo echado a la cara para esconder el sofoco de la vergüenza, Dolores, la Cartera -apodábanla así por haber sido cartero su padre-, se retiró a su tugurio con el alma más triste que el día, y éste era de los turbios, revueltos y anegruzados de Marineda, en que la bóveda del cielo parece descender hacia la tierra para aplastarla, con la indiferencia suprema del hermoso dosel por lo que ocurre y duele más abajo...

Sentóse en una silleta paticoja y lloró amargamente. No cabía duda que aquel pillo había embarcado para América. Dinero no tenía; pero ya se sabe que ahora facilitan tales cosas, garantizando desde allá el billete. En Buenos Aires no van a saber que el carpintero a quien llaman para ejercer su oficio es un borracho y deja en su tierra obligaciones. La ley dicen que prohíbe que se embarquen los casados sin permiso de sus mujeres... ¡Sí, fíate en la ley! Ella, a prohibir, y los tunos, a embarcar... y los señorones y las autoridades, a hacerles la capa..., ¡y arriba!

Bebedor y holgazán, mujeriego, timbista y perdido como era su Frutos, alias Verderón, siempre acompañaba y traía a casa una corteza de pan... Corteza escasa, reseca, insegura; pero corteza al fin. Por eso (y no por amorosos melindres que la miseria suprime pronto) lloraba Dolores la desaparición, y mientras corría su llanto, discurría qué hacer para llenar las dos boquitas ansiosas de los niños.

Acordóse de que allá en tiempos fue pizpireta aprendiza en un taller que surtía de ropa blanca a un almacén de la calle Mayor. Casada, había olvidado la aguja, y ahora, ante la necesidad, volvía a pensar en su dedal de acero gastado por el uso y sus tijeras sutiles pendientes de la cintura. A boca de noche, abochornada -¡como si fuera ella quien hubiese hecho el mal!-, se deslizó en el almacén, y en voz baja pidió labor "para su casa", pues no podía abandonar a las criaturas... La retribución, irrisoria; no hay nada peor pagado que "lo blanco"...

Dolores no la discutió. Era la corteza -muy dura, muy menguada, eventual- que volvía a su hogar pobre...

Corrió el tiempo. Habitaba hoy la Cartera un piso modesto, limpio, con vista al mar: su chico concurría a un colegio; la pequeña ayudaba a su madre, entre las oficialas del obrador. Porque Dolores tenía obrador y oficialas; hacía por cuenta propia equipos, canastillas, y poseía una clientela de señoras, que iban personalmente a encargar, probar y charlar su rato.

-¡Buena mujer! ¡Y muy puntual, y habilísima! -repetían al bajar las escaleras, despidiéndose todavía, con una sonrisa, de la costurera, que salía al descansillo, a murmurar por última vez:

-Se hará, señora... No tenga cuidado... Como guste...

Así se ha ganado la parroquia, por medio de humildades dulces, de discretas confidencias de esas penas domésticas con que toda hembra simpatiza, y poniendo cuidado exquisito en entregar la labor deslumbrante de blancura, primorosa de cosido y rematado, espumosa de valenciennes, hecha un merengue a fuerza de esmero. Con la reputación de tantas virtudes obreras vino el crédito, el desahogo; con el desahogo, el trabajo suave y halagador y el cariño intenso del artífice a la obra perfecta, en la cual se recrea y goza antes de enviarla a su destino. En la Cartera había desaparecido la esposa del carpintero vicioso, chapucero y zafio, en chancletas y desgreñada, y nacido una pulcra trabajadora, semiartista, encantada, aun desinteresadamente, con los lazos de seda crespos y coquetones, los entredoses y calados de filigrana, las ondulaciones flexibles de la batista y las gracias del corte, que señala y realza las líneas del cuerpo femenil. Algo de la delicadeza de su trabajo se

había comunicado a todo su vivir, a su manera de cuidar a los niños, al claro aseo de sus habitaciones, a la frugalidad de su mesa. Aunque todavía fresca y apetecible, la Cartera guardaba su honra con cuidado religioso -no por miramientos al pillo, de quien no se sabía palabra, sino porque esas cosas estropean la vida y dan mal nombre-, y era preciso que a su casa viniesen sin recelo sus parroquianas, las señoras principales...

Extendida estaba sobre las mesas del obrador una canastilla de hijo de millonario -la más cara y completa que le había encargado a la costurera, un poema de incrustaciones, realces y pliegues-, cuando se entró habitación adelante, entre las risas fisgonas de las oficialas un hombre de trazas equívocas. Venía fumando un pitillo, y al preguntar por "Dolores" y oír que no se podía hablar con ella -lo cual era un modo de despedirle-, soltó a la vez un terno y la colilla ardiendo; el terno sólo produjo alarma en las chiquillas; la colilla, chamuscó el encaje de Richelieu de una sábana de cuna.

-¡Soy su marido! -gritó el intruso-, y a cualquier hora "me se" figura que la podré ver...

No cabía réplica. Corrieron a avisar a la maestra; se presentó temblona, y se retiraron a un cuarto, allá dentro. No se sabe lo que conversarían; acaso el Verderón confesase que se hallaba ya convencido de que también en el Nuevo Continente tienen la absurda exigencia de que se trabaje, si se ha de ganar la plata... Lo cierto es que se hizo un convenio: el Verderón comería a cuenta de su mujer, y hasta bebería y fumaría, comprometiéndose a respetar la labor de ella, su negocio, su industria ya fundada, su arte elegante. Y Frutos prometió.

Mas no era el holgazán del escaso número de los que cumplen lo pactado, y su orgullo de varón y dueño tampoco se avenía a aquella dependencia, a aquel papel accesorio... ¡Vamos, que él tenía derecho a entrar y salir en "su casa" cuándo y cómo se le antojase! ¡Bueno fuera que por cuatro pingos de cuatro señorones que venían allí se le privase de pasarse horas en el taller requebrando a las oficialas! Y así lo hizo, a pesar del enojo y las protestas de Dolores.

-Tienes celos, ¿eh, salada? -preguntábale él, sarcástico.

-¡Celos! -repetía ella-. Si te gustan las oficialas, llévatelas a todas..., pero fuera de aquí, ¡entiendes!... A un sitio en que tus diversiones no me manchen la labor. ¡Eso no! Eso no te lo aguanto y te lo aviso... ¡No me toca a mis encargos un puerco como tú!

Con la malicia de los borrachos, así que Frutos comprendió que ahí le dolía a su mujer, empezó a meterse con la ropa blanca. Escupía en el suelo, tiraba los cigarros sin mirar, manoseaba las prendas, se ponía las enaguas bromeando, se probaba los camisones. Naturalmente, cualquier desmán de las oficialas lo disculpaban achacándolo al marido de la señora maestra. Venían ya quejas de clientes, recados agrios: el descrédito que principia... Un día "se perdieron" unos ricos almohadones... Dolores averiguó que estaban empeñados por Frutos para beber.

Una tarde de exposición de equipo de novia, anunciada hasta en periódicos, el carpintero volvió a su casa chispo y maligno. La madre de la novia, la novia y parte de la familia examinaban el ajuar. Entró el Verderón, y su boca hedionda, de alcohólico, comenzó a disparar pullas picantes, a glosar, en el vocabulario de la taberna, los pantalones y los corsés, las prendas íntimas, florecidas de azahar... Cuando las señoras hubieron escapado, despavoridas e indignadas, exigiendo el envío inmediato de su ropa y jurando no volver más a tal casa y contárselo a las amigas, Dolores, pálida, tranquila, se plantó ante el esposo.

-Vuelve a hacer lo que hiciste hoy... y sales de aquí y no entras nunca...

-¿Tú a mí? -rugió el borracho-. ¿Tú a mí? Ahora mismo voy a patear esas payaserías que haces... ¿Ves? Las pateo porque me da la gana.

Y agarrando a puñados las blancuras vaporosas de tela diáfana, orladas de encajes preciosos, las echó al suelo, danzando encima con sus zapatos sucios... Dolores se arrojó sobre él... La pacífica, la mansa, la sufrida de tantos años se había vuelto leona. Defendía su labor, defendía, no ya la corteza para comer, sino el ideal de hermosura cifrado en la obra. Sus manos arañaron, sus pies magullaron, la vara de metrar puntilla fue arma terrible... Apaleado, subyugado, huyó Verderón a la antesala y abrió la puerta para evadirse. Todavía allí Dolores le perseguía, y el borracho, tropezando, rodó la escalera. La cabeza fue a rebotar contra los últimos peldaños, de piedra granítica, quedando tendido inerte en el fondo del portal... Su mujer, atónita, no comprendía... ¿Era ella quien había sacudido así? ¿Era ella la que todavía apretaba la vara hecha astillas?... El chiquillo de una oficiala que subía la aterró... El hombre no se movía, y por su sien corría un hilo de sangre.

Calixto Silva se enteró -al regresar de un viaje que había durado cuatro meses-, de que su tío y tutor, aquel excelente don Juan Nepomuceno, a quien debía educación, carrera, la conservación y aumento de su patrimonio y el más solícito cuidado de su salud, iba a casarse..., ¿y con quién?, con la propia Tolina Cortés..., la casquivana que de modo tan terco había tratado de atraerle a él, Calixto, mediante coqueterías, artimañas y diabluras, cuyo efecto fue contraproducente, pero cuyo recuerdo, ante la noticia, le causaba una impresión de temor y repugnancia.

Su tío no le consultaba, y no parecía dispuesto a escuchar observación ninguna respecto al asunto de la boda. Calixto tuvo, pues, que resignarse; su única protesta fue expresar el deseo de marcharse a vivir solo: pero en eso no estaba don Juan conforme.

-¡No faltaba otro dolor de muelas! Tú no eres mi sobrino, que eres mi hijo; si llegan a nacerme, no los querré más que a ti. La niña -así llamaba don Juan a su futura- se hará cuenta de que soy un viudo que tiene un chico. Se acabó... Mientras no te cases tú también, todo sigue como antes.

Asistió Calixto a la ceremonia nupcial, estremeciéndose interiormente de rabia al mirar la tersa guirnalda de azahares que, bajo la nube de tul del velo, coronaba la frente audaz de la diabólica criatura. ¿Cómo se las habría compuesto la serpezuela para anillarse al corazón del honrado viejo? ¿Qué arterías, qué travesuras, qué sortilegios usaría? ¡Sin duda, aquellos mismos que Calixto evocaba mientras el órgano emitía su vibrante raudal de sonidos plenos y graves, y en el altar, una grácil figura, envuelta en blancas sedas que la prolongaban místicamente, articulaba un "sí" apagado, un "sí" blanco también!

El irritante enigma que preocupaba a Calixto le obligó a pensar incesantemente en la esposa de su tío, a tenerla presente día y noche. Resolvió vigilarla, mirar por la honra de don Juan, y no consentir que nadie le burlase impunemente. Semejante propósito, noble y firme, era justificación de su permanencia en la casa. Ojo y oído: que Tolina anduviese con pies de plomo, o si no...

Tolina, sin género de duda, desplegaba la hipocresía más maquiavélica; nada cabía reprender en su conducta. Concurría a algunas diversiones sin mostrar afán por ellas; se adornaba y componía sin exceso; igual y alegre de carácter, con su marido era realmente la niña, más hija que esposa; le cuidaba, le complacía zalameramente, le respetaba en público, le mimaba de puertas adentro y - Calixto hubo de confesárselo a sí propio- don Juan disfrutaba de una felicidad verdadera. Chocho con la dulce y sabrosa mujercita, repetía incesantemente, disolviendo en babas las frases:

-¿Ves, Calixto, qué mona es? Búscate una así. No debe nadie morirse sin primero disfrutar estos goces.

Calixto, ceñudo, se tragaba sus cavilaciones y sospechas malignas.

¡Vamos, no podía ser! Tarde o temprano, Tolina enseñaría la oreja. Si ahora se portaba bien sería por algo... ¡Bah!... Y continuaba observándola con malévola atención. Tolina, afectuosa, algo quejosa, con queja muda, procuraba ni chocar ni insinuarse demasiado con el sobrino, a quien llamaba hijo don Juan, y el sobrino, a quien era indiferente Tolina como mujer, no cesaba de preocuparse de su psicología como esposa. ¿Por qué guardaba tan estricta y dignamente el decoro de su marido? ¿Por qué no daba motivo alguno, ni aun de sospecha? Y, en vez de felicitarse - ¡somos tan poco lógicos!-, Calixto se reconcomía. Es humano; todo el que augura mal, sufre mortificación cuando no acierta.

La causa del buen comportamiento de Tolina... Súbito resplandor alumbró a Calixto para adivinarla. ¡Si estaba más claro! No haberlo comprendido! Lo que la joven buscaba y aseguraba con tal arte era la fortuna del viejo, su cuantiosa herencia... Un cálculo ambicioso resguardaba su virtud y la ventura del confiado cónyuge. Antolinita Cortés pertenecía a la falange de las calculadoras, la sabia falange que espera y prepara la lámpara de la noche siguiente...

Al descubrir esta clave, Calixto se dio por doblemente satisfecho. Su pesimismo se contentaba con reconocer en Tolina instintos de mezquindad y avidez; su generosidad le movía a alegrarse de renunciar a una sucesión que nunca había codiciado. Y, adelantándose a lo que pudiese sobrevenir, un día en que la conversación cayó oportunamente, dijo a don Juan:

-Tío, nadie está seguro de vivir mañana... Yo he testado desde que soy mayor de edad. ¿Por qué no toma usted disposiciones y deja a la tía Antolina sus bienes? Lo merece, y es justo.

-Lo merece, y es justo -repitió el anciano, remedando al sobrino-, y yo le dejaría los reinos de España... pero has de saber que no quiere, que no se le antoja y que, al hablarle yo de eso, fue tal su enfado y el daño que le hizo, que hasta se puso enferma. Es el único disgusto que tuvimos. Me ha exigido que mi heredero seas tú... ¿Qué significa ese asombro? ¿Habías supuesto que Tolina me aceptó por interés? ¿Ella? ¿Ella?

Y el anciano irradiaba placer por su cara simpática, rojiza entre la gris aureola de la barba y los cabellos.

-Bueno; pero no consentiré tal disparate y tal injusticia -declaró Calixto-. Lo que usted me legue, para ella será.

-No la persuadirás. No quiere. ¡Es más buena que los ángeles!

Desde esta conversación, cambió Calixto de modo de ser. Huía de Tolina, en vez de vigilarla. La sospecha de ahora era más punzante, más honda, más perturbadora que la antigua. Una tristeza, una inquietud sin límites, invadieron el espíritu de Calixto. Perdió el apetito y el sueño. Una tarde, habiendo echado de menos su cartera, donde guardaba un fajo de billetes, bajó al jardín del hotel a hora impensada, casi anochecido, por si la encontraba allí, y registró, agachándose, los macizos de plantas, hasta un grupo de arbustos que ocultaban un banco de piedra. Se detuvo. Una mujer, sentada en el blanco, besaba un objeto rojo.

-¿Qué haces aquí? -murmuró él, sobrecogido, sin darse cuenta de lo que decía.

-¿Y tú? -respondió ella serenamente.

-Yo... Yo... Buscaba mi cartera...

-Aquí la tienes: la encontré momentos hace.

Tolina le tendió, sonriente, la cartera de cuero de Rusia. Calixto no la tomó. Notaba que palidecía, y la voz se le atascaba en la garganta.

-¿Qué te sucede? -la dama, aproximándose, acercaba la cartera a las manos inertes que no la recogían-. Vamos -añadió melancólicamente y con malicia-, coge tu dinero... Ya sabes que yo no me lo he de guardar.

La contestación de Calixto fue -sin levantarse del suelo- echar los brazos a aquel cuerpo que temblaba de pasión y de triunfo... Tolina, inclinándose, balbucía:

-¡Al fin! Trabajo ha costado... ¡Ciego, ciego!

Un paso plomizo hizo crujir la arena... Calixto se incorporó... Don Juan se acercaba.

-Buscábamos esta cartera -explicó Tolina, radiante, blandiéndola en alto-. Figúrate que Calixto la tocaba con las manos, y no la veía. ¡Y cuidado si saltaba a la vista! Pero siempre sucede así: las cosas más evidentes son las que nos empeñamos en no ver... Toma, sobrino -prosiguió, deslizando ella misma, con graciosa familiaridad, el objeto en el bolsillo del joven-. No la vuelvas a perder, que vale un pico...

A la mañana siguiente, Calixto se marchó, dejando una carta de despedida, breve, aunque cariñosa. Necesitaba viajar largo tiempo, completar sus conocimientos, recorrer el mundo. Tolina, al enterarse de la carta que don Juan leyó furioso -¡diablo de chiquillo!, ¡qué salida de pie de banco es ésta!-, no pronunció palabra.

Poco después se alteró gravemente su salud, y don Juan la pasea por balnearios y antesalas de celebridades médicas sin que se sepa todavía a punto fijo qué mal padece. Los nervios, de fijo... Los nervios, otro enigma sin clave...

Fue en el balneario de Aguasacras donde hice conocimiento con aquel matrimonio: el marido, de chinchoso y displicente carácter, arrastrando el incurable padecimiento que dos años después le llevó al sepulcro; la mujer, bonitilla, con cara de resignación alegre, cuidándole solícita, siempre atenta a esos caprichos de los enfermos, que son la venganza que toman de los sanos.

Conservaba, no obstante, el valetudinario la energía suficiente para discutir, con irritación sorda y pesimismo acerbo, sobre todo lo humano y lo divino, desarrollando teorías de cerrada intransigencia. Su modo de pensar era entre inquisitorial y jacobino, mezcla más frecuente de lo que se pudiera suponer, aquí donde los extremos no sólo se han tocado, sino que han solido fusionarse en extraña amalgama. Han sido generalmente prendas raras entre nosotros la flexibilidad y delicadeza de espíritu, engendradoras de la amable tolerancia, y nuestro recio y chirriante disputar en cafés, círculos, reuniones, plazuelas y tabernas lo demostraría, si otros signos del orden histórico no bastasen.

El enfermo a que me refiero no dejaba cosa a vida. Rara era la persona a quien no juzgaba durísimamente. Los tiempos eran fatídicos y la relajación de las costumbres horripilantes. En los hogares reinaba la anarquía, porque, perdido el principio de autoridad, la mujer ya no sabe ser esposa, ni el hombre ejerce sus prerrogativas de marido y padre. Las ideas modernas disolvían, y la aristocracia, por su parte, contribuía al escándalo. Hasta que se zurciesen muchos calcetines no cabía salvación. La blandenguería de los varones explicaba el descoco y garrulería de las hembras, las cuales tenían puesto en olvido que ellas nacieron para cumplir deberes, amamantar a sus hijos y espumar el puchero. Habiendo yo notado que al hallarme presente arreciaba en sus predicaciones el buen señor, adopté el sistema de darle la razón para que no se exaltase demasiado.

No sé qué me llamaba más la atención, si la intemperancia de la eterna acometividad verbal del marido, o la sonrisilla silenciosa y enigmática de la consorte. Ya he dicho que era ésta de rostro agraciado, pequeño de estatura, delgada, de negrísimos ojos, y su cuerpo revelaba esa contextura acerada y menuda que promete longevidad y hace las viejecitas secas y sanas como pasas azucarosas. Generalmente, su presencia, una ojeada suya, cortaban en firme las diatribas y catilinarias del marido. No era necesario que murmurase:

-No te sofoques, Nicolás; ya sabes que lo ha dicho el médico...

Generalmente, antes de llegar a este extremo, el enfermo se levantaba y, renqueando, apoyado en el brazo de su mitad, se retiraba o daba un paseíto bajo los plátanos de soberbia vegetación.

Había olvidado completamente al matrimonio -como se olvidan estas figuras de cinematógrafo, simpáticas o repulsivas, que desfilan durante una quincena balnearia-, cuando leí en una cuarta plana de periódico la papeleta: "El excelentísimo señor don Nicolás Abréu y Lallana, jefe superior de Administración... Su desconsolada viuda, la excelentísima señora doña Clotilde Pedregales..." La casualidad me hizo encontrar en la calle, dos días después, al médico director de Aguasacras, hombre muy observador y discreto, que venía a Madrid a asuntos de su profesión, y recordamos, entre otros desaparecidos, al mal engestado señor de las opiniones rajantes.

-¡Ah, el señor Abréu! ¡El de los pantalones! -contestó, riendo, el doctor.

-¿El de los pantalones? -interrogué con curiosidad.

-Pero ¿no lo sabe usted? Me extraña, porque en los balnearios no hay nada secreto, y esto no sólo se supo, sino que se comentó sabrosamente... ¡Vaya! Verdad que usted se marchó unos días antes que los Abréu, y la gente dio en reírse al final, cuando todos se enteraron... ¿Dirá usted que cómo se pueden averiguar cosas que suceden a puerta cerrada? Es para asombrarse: se creería que hay duendes...

En este caso especial, lo que ocurrió en el balneario mismo debieron de fisgarlo las camareras, que no son malas espías, o los vecinos al través del tabique, o... En fin, brujerías de la realidad. Los antecedentes parece que se conocieron porque allá de recién casado, Abréu, que debía de ser el más solemne majadero, anduvo jactándose de ello como de una agudeza y un rasgo de carácter, que convendría que imitasen todos los varones para cimentar sólidamente los fueros del cabeza de familia.

Y fíjese usted: los dos episodios se completan. Es el caso que Andréu, como todos los que a los cuarenta años se vuelven severos moralistas, tuvo una juventud divertida y agitada. Alifafes y dolamas le llamaron al orden, y entonces acordó casarse, como el que acuerda mudarse a un piso más sano. Encontró a aquella muchacha, Clotildita, que era mona, bien educada y sin posición ninguna, y los padres se la dieron gustosos, porque Abréu, provisto de buenas aldabas, siempre tuvo colocaciones excelentes. Se casaron, y la mañana siguiente a la boda, al despertar la novia, en el asombro del cambio de su destino, oyó que el novio, entre imperioso y sonriente, mandaba:

-Clotilde mía..., levántate.

Hízolo así la muchacha, sin darse cuenta del porqué; y al punto el esposo, con mayor imperio, ordenó:

-¡Ahora..., ponte mis pantalones!

Atónita, sin creer lo que oía, la niña optó por sonreír a su vez, imaginando que se trataba de una broma de luna de miel..., broma algo chocante, algo inconveniente...; pero ¿quién sabe? ¿Sería moda entre novios?...

-¿Has oído? -repitió él-. ¡Ponte mis pantalones! ¡Ahora mismo, hija mía!

Confusa, avergonzada, y ya con más ganas de llorar que de reír, Clotilde obedeció lo mejor que pudo. ¡Obedecer es ley!

-Siéntate ahora ahí -dispuso nuevamente el marido, solemne y grave de pronto, señalando a una butaca. Y así que la empantalonada niña se dejó caer en ella, el esposo pronunció-: He querido que te pongas los pantalones en este momento señalado para que sepas, querida Clotilde, que en toda tu vida volverás a ponértelos. Que los he de llevar yo, Dios mediante, a cada hora y cada día, todo el tiempo que dure nuestra unión, y ojalá sea muchos años, en santa paz, amén. Ya lo sabes. Puedes quitártelos.

¿Qué pensó Clotilde de la advertencia? A nadie lo dijo; guardó ese silencio absoluto, impenetrable, en que se envuelven tantas derrotas del ideal, del humilde ideal femenino, honrado, juvenil, que pide amor y no servidumbre... Vivió sumisa y callada, y si no se le pudo aplicar la divisa de la matrona romana, "Guardó el hogar e hiló lana asiduamente", fue porque hoy las fábricas de género de punto han dado al traste con la rueca y el huevo de zurcir.

Pero Abréu, a pesar de la higiene conyugal, tenía el plomo en el ala. Los restos y reliquias de su mal vivir pasados remanecieron en achaques crónicos, y la primera vez que se consultó conmigo en

Aguasacras, vi que no tenía remedio; que sólo cabía paliar lo que no curaría sino en la fuente de Juvencia... ¡Ignoramos dónde mana!

Su mujer le cuidaba con verdadera abnegación. Le cuidaba: eso lo sabemos todos. Se desvivía por él, y en vez de divertirse -al cabo era joven aún-, no pensaba sino en la poción y el medicamento. Pero todas las mañanas, al dejar las ociosas plumas el esposo, una vocecita dulce y aflautada le daba una orden terminante, aunque sonase a gorjeo:

-¡Ponte mis enaguas, querido Nicolás! ¡Ponte aprisa mis enaguas!

Infaliblemente, la cara del enfermo se descomponía; sordos reniegos asomaban a sus labios..., y la orden se repetía siempre en voz de pájaro, y el hombre bajaba la cabeza, atándose torpemente al talle las cintas de las faldas guarnecidas de encajes. Y entonces añadía la tierna esposa, con acento no menos musical y fino:

-Para que sepas que las llevas ya toda tu vida, mientras yo sea tu enfermerita, ¿entiendes?

Y aún permanecía Abréu un buen rato en vestimenta interior femenina, jurando entre dientes, no se sabe si de rabia o porque el reúma apretaba de más, mientras Clotilde, dando vueltas por la habitación, preparaba lo necesario para las curas prolijas y dolorosas, las fricciones útiles y los enfranelamientos precavidos.

El día era espléndido, primaveral, y la gente apiñada en el ómnibus, camino de los Viveros, iba del mejor humor posible, con el hambre canina que se despierta después de una mañana ajetreada, de emociones y aire libre. Se esperaban grandes cosas del yantar: bien rico y generoso era el novio, y bien pirrado estaba por la novia. Le constaba a Nicasio, el platero, que se lo había confiado a doña Fausta, la tintorera, y a sus niñas: habría champaña y langostinos, y hasta se esperaba una sorpresa, un plato de marqueses, que se llama ¡bestión de fuagrá!

Y no mentía el platero Nicasio. Don Elías, dueño de varias fábricas de quincalla y del mejor bazar de la calle de Atocha, había perdido la cuenta del tiempo que llevaba cortejando a la desdeñosa Regina, hija de doña Andrea, la directora del colegio de niños de la plazuela de Santa Cruz. Regina era una rubia airosa, aseñoritada como pocas, instruidita, soñadora por naturaleza y también por haber leído bastante historia, novela, versos, cosas de amores...; amén de su afición al teatro, insaciable; no al teatro alegre ni sicalíptico: a los dramas y a las comedias serias y sentimentales. Sería exceso llamar hermosa a Regina; pero tenía atractivo, elegancia, un modo de ser muy superior a su esfera social, y su cuerpo mostraba líneas de admirable concisión, realzadas por el vestir sencillo y delicado, a la francesa. No pasaba inadvertida en ninguna parte, y tenía sus envidiosas y sus imitadoras.

A pesar de la campaña de su madre -loca de gozo al presentarse un pretendiente como don Elías-, Regina luchó años enteros antes de aceptarle. No daba razones. No quería. Que no le hablasen de semejante cosa. Era dueña de su voluntad: no tenía ambición, no estaba en venta..., y argumentos por el estilo. No se le conocía otro novio... Esto era lo que a la madre la volvía loca. "¡Si al fin ella no quiere a nadie! ¡Si por más que estoy a la mira no veo moros en la costa!"

Nunca se observan sino los hechos materiales... Los corazones no tienen ventanillas de cristal. Regina se negaba tan resueltamente porque no acababa de convencerse de que el profesor de francés del colegio, señorito pobre y guapo como un Apolo, no se acordaba de ella, sino para saludarla atentamente al entrar y salir de clase. ¡Aquél, sí! ¡Una palabra de aquél! Regina, en secreto y sin ridículas apariencias, sufría el largo y cruel proceso de la fiebre amorosa. Cierto día, cuando más renegaba de la triste condición de la mujer, que no le permite revelar su afán, por hondo que sea, notó que disimuladamente el gallardo profesor pasaba un billetito a una alumna jorobada, hija única de un usurero millonario. Hubo noches de insomnio y días de desgano; hubo lágrimas involuntarias y hasta crisis nerviosas; la defensa del ideal, que no quiere morir... Al cabo de un mes, de pronto, sin preámbulos, Regina anunció a su madre que estaba dispuesta a la unión con don Elías. Su consuelo era que nadie conociese la malhadada y defraudada ilusión... Había acertado a disimularla; su humillación era como si no hubiese existido, puesto que no la sospechaba ni doña Andrea, después de espiar a su hija continuamente. Sería el tesoro que guardase: su amor muerto, su desengaño, paloma de blancas alas, rotas y sangrientas...

Ya se detenía en la plazuela de los Viveros el ómnibus: la novia, ricamente vestida de raso negro, bajaba del interior. Antes que el novio le tendiese la mano para ayudarla, se adelantó un apuesto mozo: el propio Damián Antiste, el profesor, en ensueño hecho hombre, el verdadero autor del enlace entre la romántica criatura y el excelente y clásico industrial madrileño... ¿Cómo estaba allí Damián? Regina sabía a punto cierto que no había asistido a la boda en la iglesia. Sin duda, haciéndose el encontradizo, o doña Andrea, o don Elías le convidarían... Lo cierto era que estaba..., y que iba a comer tal vez a su lado... o enfrente... Regina recordó que el usurero había sacado del colegio a la niña corcovada, encerrándola a piedra y lodo; y pensó que Damián ya no se acordaría de sus ambiciosos planes. Todo esto lo calculó en un relámpago. La sensación terriblemente dulce de la mano del profesor estrechando la suya, de los ojos que la devoraban, abolió las demás y suprimió cuanto no fuese el acre placer del triunfo. La mirada de Damián era atrevida, explícita, larga. Detallaba a Regina, hermosa realmente en aquel momento, bajo el velo blanco que nubaba los cabellos brilladores, ondulados con coquetería, adornada con el azahar céreo de verde follaje, resplandeciéndole en las orejas dos gotas de agua, limpias, gruesas, mil duros en cada lóbulo; el derroche del espléndido y entusiasmado consorte... "Hoy le gusto", pensó Regina, trémula de placer. Desvió las pupilas; pero el imán del alma le hizo girarlas otra vez hacia el profesor, que seguía devorándola con las suyas. ¡Aquella mirada hacía dos meses! ¿Y por qué "ahora"? ¡Oh, no cabía duda! Era efecto del traje, del tul, de las joyas... Damián "no la había visto" hasta aquel instante. Las mujeres tienen de estas aprensiones; creen en el efecto irresistible del adorno, del traje, de las galas, y así se hacen pedazos tras ellas. ¡Ah, si Damián la ve antes radiante, engalandada, quién duda que la hubiese contemplado como la contemplaba ahora! Pero Damián no sabía ni que ella era bonita, ni que se moría por él... Como agua a la cual se le abre la salida, la ilusión de Regina se desbordó... Era la larga pasión que se satisfacía sin poder contenerse, sin atender ni a respetos ni a pudores... Afortunadamente, el novio había corrido a hablar con el dueño del fondín para saber si todas sus instrucciones se cumplían y el espléndido almuerzo se serviría pronto.

Las amigas despojaron a Regina de su velo y se decidió que, mientras no llegaba la hora de sentarse a la mesa, jugarían al escondite... La boda se desparramó por los senderos de la orilla del agua, que embalsamaban las postreras lilas y las primeras celindas blancas y olorosas. El aroma de aquellas flores madrileñas, en el aire seco y cálido, era trastornador. El follaje tierno, flexible, fino de los arbustos escondía los altos troncos de los árboles y tendía como una cortina movible y embalsamada ante el riachuelo. Era poesía lo burgués del oasis, y hasta poseía las notas del organillo que, lejos, empezaba a ganarse la propina con sus tocatas de zarzuela popular. Arremangando la cola de su magnífico traje, la novia, que sentía hervir la juventud, corrió, dio el ejemplo. Damián la siguió. Nadie reparaba en ellos, o si reparaban las amiguitas, se sentían cómplices; dejar a la novia que se riese, que se alegrase; ¡estaba aún en la antesala del grave deber!

Damián alcanzó a la novia muy pronto. Contra un bosquete de arbolillos, ya densamente hojosos, que empezaba a hacer languidecer el calor, la acorraló, sonriendo. Se acercó, y Regina saboreó la sensación extrañamente divina de ver de cerca, muy de cerca, un rostro que se ha soñado y que ahora, próximo, dominador, parece distinto con el puntilleo de las pupilas al sol y el color cambiante del bigote que se enciende bajo la luz viva... Desfallecida la mujer, el galán le echó al talle los brazos y empezó a pronunciar palabras confusas: la canción eterna que se apodera de las almas... Al pronto Regina escuchó bebiendo aquel hablar que la desvanecía y la embriagaba a la vez. Luego..., ¿qué decía aquel hombre? Regina se hizo atrás espantada de lo que oía. Y él, inhábil, torpe, continuaba:

-No niegue que me quiso, que me quería allá en el colegio... No lo niegue... Si yo lo sabía... Si lo noté desde el mismo momento en que empezó...

Las facciones de la novia, al pronto asombradas, expresaron, al fin, bochorno, desprecio infinito, ira profunda. ¡Miserable! ¡De modo que lo sabía! ¡Y entre tanto, escribía a la millonaria! ¡Y a ella ni una señal de gratitud, ni una frase de consuelo, de simpatía! ¡La dejaba morir! ¡La dejaba casarse con otro! Y ahora... ¡Miserable!

La palabra asomó a los labios blancos de cólera:

-¡Miserable! -gritó en alto.

Y a paso lento, sin volver el rostro atrás, salió del bosquete y se dirigió hacia el comedor. Allí debía de estar su novio, su marido. Y estaba, en efecto, dando disposiciones, señalando sitios en la mesa.

-¡Elías! -dijo ella cariñosamente-. Mira que quiero sentarme a tu lado, ¿eh?

Era la primera vez que le hablaba así... Todos notaron que durante el almuerzo -aquel almuerzo que dejó memoria- ella estuvo tierna, insinuante, y el novio loco de alegría.

La helada endurecía el camino; los charcos, remanente de las últimas lluvias, tenían superficie de cristal, y si fuese de día relucirían como espejos. Pero era noche cerrada, glacial, límpida; en el cielo, de un azul sombrío, centelleaba el joyero de los astros del hemisferio Norte; los cinco ricos solitarios de Casiopea, el perfecto broche de Pegaso, que una cadena luminosa reúne a Andrómeda y Perseo; la lluvia de pedrería de las pléyades; la fina corona boreal, el carro de espléndidos diamantes; la deslumbradora Vega, el polvillo de luz del Dragón; el chorro magnífico, proyectado del blanco seno de Juno, de la Vía Láctea... Hermosa noche para el astrónomo que encierra en las lentes de su telescopio trozos del Universo sideral, y al estudiarlos, se penetra de la serena armonía de la creación y piensa en los mundos lejanos, habitados nadie sabe por qué seres desconocidos, cuyo misterio no descifra la razón. Hermosa también para el soñador que, al través de amplia ventana de cristales, al lado de una chimenea activa, en combustión plena, al calor de los troncos, deja vagar la fantasía por el espacio, recordando versos marmóreos de Leopardi y prosas amargas y divinas de Nietzsche... ¡Noche negra, trágica, para el que solo, transido de frío, pisa la cinta de tierra encostrada de hielo y avanza con precaución, sorteando esos espejos peligrosos de los congelados charcos!

Es una mujer joven. La ropa que la cubre, sin abrigarla, delata la redondez de un vientre fecundo, la proximidad del nacimiento de una criatura... Muchos meses hace que Agustina vive encorvada, queriendo ocultar a los ojos curiosos y malévolos su desdicha y su afrenta; pero ahora se endereza sin miedo; nadie la ve. Ha huido de su pueblo, de su casa, y experimenta una especie de alivio al no verse obligada a tapar el talle y disimular su bulto, pues las estrellas de seguro la miran compasivas o siquiera indiferentes. ¡Están tan altas!

En el pueblo, ¡qué desprecio, qué burla, qué reprobación habían caído sobre ella al saberse el desliz! Era la segunda vez que delinquía en aquel honrado lugar una muchacha; la primera, al quinto mes, se había arrojado a un pozo, de donde sacaron su cadáver. Recordaba Agustina cómo la extrajeron del pozo con cuerdas y garruchas, y cómo traía rota una sien y el pelo pegado a la cara lívida, y recordaba también el haber soñado con la ahogada muchas noches. Cuando, al confirmarse su desdicha, pensó Agustina en la solución de la muerte, la imagen de la rota sien y la lívida cara le impidió poner por obra una desesperada resolución. Vinieron al pueblo entonces unos misioneros franciscanos, y Agustina se confesó deshecha en lágrimas.

-Grande es tu pecado -dijo el fraile-; pero lo que pensaste es peor aún. No debes morir ni debe morir por tu culpa el hijo. Sufre con paciencia, espera el último instante, y entonces vete a Madrid con esta carta mía. El señor a quien va dirigida hará que te admitan en la casa de Maternidad.

Acercábase el día. Sin despedirse de nadie -ni de sus padres, que en vez de compadecerla la maldecían-, Agustina puso en hatillo dos camisas y un refajo; en un bolso de lienzo, unas pesetas; y guardaba la carta en el pecho, salió al oscurecer por la puerta del corral antes de que empezasen a rondar los mozos, sabedores de su desdicha y compañeros del que la ocasionó, y que, en vez de repararla, cobardemente había desaparecido del pueblo. Era víspera de Nochebuena, y sería milagro que no saliesen de parranda, Agustina apretó el paso. La vergüenza le puso alas en los pies.

Dos horas hacía ya que caminaba, y faltaba todavía para Madrid una legua. Deshabituada de hacer ejercicio, el cansancio rendía a Agustina y el frío la penetraba hasta los tuétanos. Además tenía miedo; ¡aquella carretera tan solitaria!

A uno y otro lado extendíase la estepa gris, sin rastros de habitación; torcidos chaparros remedaban figuras grotescas, enanos deformes o perros agachados para saltar y morder. El silencio era majestuoso y aterrador. Y la fugitiva también sentía hambre, el hambre próvida que avisa a las que van a ser madres que hay que sostener a dos seres. En su precipitación, no había sacado de su casa ni un mendrugo.

Quería llorar, y dos o tres veces se detuvo para quejarse en alto, cual si alguien pudiese oírla. "¡Ay señor! ¡Ay mi madre!", como si su madre, la dura paleta, no la hubiese tratado peor que el padre todavía... La abrumaba un inmenso desfallecimiento, la tentación de arrojarse al suelo y dormir. Durmiendo, creía que iba a remediarse todo su padecer; que entraría en un estado de beatitud. Resabio de los últimos meses, en que infaliblemente, al despertarse, tenía la ilusión de que su desgracia era pesadilla de sueño, y se sentaba, y creía que el bulto del vientre no existía... ¡Oh! ¡Si así fuese! ¡Quién volvería a sorprenderla, a engañarla; quién se acercaría a ella sin llevar su merecido!

Los pies, calzados toscamente, resbalaron de pronto sobre la vítrea superficie de una charca. El movimiento fue de báscula, y la muchacha cayó hacia atrás, boca arriba, atravesada en la carretera y desvanecida por el brutal sacudimiento del batacazo.

Diez minutos después se oyó en la carretera, a lo lejos, el cascabeleo y la rodadura de un carricoche. La claridad de los faroles avanzó, y el caballejo que tiraba, no muy gallardamente, del vehículo pegó una huida ante el cuerpo que obstruía el paso. El hombre que guiaba refrenó al jaco y miró con sorpresa. Vamos, habría que bajarse, que prestar socorro al borracho... ¡No se trataba de un borracho! De una mujer... Peor que peor...

¡Una mujer! Nadie las aborrecía como el mediquín rural que, llamado por asunto de interés se dirigía a Madrid en noche tan cruda... El golpe de la traición sufrida, del amor escarnecido por su novia, su ideal -rompiendo la concertada boda tres días antes del señalado y casándose con otro hombre antes de un mes-, fue origen, primero, de grave fiebre nerviosa, de la cual conservaba huellas en el amarillento rostro, y luego, de una misantropía profunda. Intelectual, sentimental y con aspiraciones, cuando andaba enamorado, el desengaño le cortó las alas de la voluntad; le causó una de esas humillaciones en que dudamos de nosotros mismos para siempre, y le arrinconó en el poblachón oscuro donde vegetaba como un asceta, haciendo penitencia de tristeza y retiro por el ajeno pecado, caso más frecuente de lo que se supone. Sólo por estricta necesidad había resuelto el viaje. ¡Y ahora aquel estorbo en el camino! ¡Una hembra!

Desencajó un farol del coche y con él alumbró la cara de la mujer privada de sentido. Se sorprendió. Joven, bonita, de facciones de cera, delicadas y dulces. ¡Y perdida a tal hora, en la soledad! ¿Atentado? ¿Crimen? La quiso incorporar... Un gemido débil reveló la vida.

¿Qué tiene usted? ¿Está usted enferma? -preguntó el médico, sosteniéndola por los sobacos en el aire.

Otro gemido contestó; era de sufrimiento, de un sufrimiento concreto, positivo.

-¿Está usted herida?

La muchacha se incorporó difícilmente; parecía atónita y no se daba cuenta de por qué se encontraba allí, por qué la interrogaba un desconocido. La memoria acudió, y con ella la conciencia del mal... Su brazo derecho no obedecía; colgaba inerte, y una sensación extraña de parálisis, iba extendiéndose al hombro.

-Se me figura que tengo roto este brazo...

Las manos del médico palparon, reconocieron... ¡Era verdad!

-¿Adónde iba usted? ¿De dónde es usted?

Agustina miró al que le dirigía la palabra y la amparaba enérgicamente. Vio un rostro consumido de melancolía, una barba descuidada, unos ojos en que la indiferencia luchaba con la compasión... No sería fácil explicar, a no ser por la franqueza súbita y total del ser desamparado, que nada recela porque todo lo ha perdido, como Agustina -la paletita cansada de disimular y mentir a su familia y a todo un pueblo-, no supo callar nada al incógnito que acababa de socorrerla. Habló entre sollozos, sin reparo, hasta sin vergüenza ni confusión, como el que cree estar contando a un desdichado desdichas mayores. Hizo su historia en pocas y desgarradoras frases.

-Súbase usted al coche... Tápese con la manta... Yo la llevaré al hospital.

Un cuarto de hora rodó el coche por la carretera -despacio, porque en la helada resbalaba también el caballejo-, cuando Agustina, en el bienestar infinito de la ardiente gratitud, al sentirse acompañada, salvada, extendió la mano izquierda, asió la del médico y la besó sin saber lo que hacía. Él tembló. ¡Hacía tanto tiempo que sólo sentía en sueños el roce de unos labios femeniles! Por su parte, la muchacha, pasado el transporte, se quedó abochornada, acortada de confusión. ¡Qué había hecho, ay mi madre! ¡Un hombre, y ella que estaba determinada a no tocar ni al pelo de la ropa a ninguno! ¡Ella, la escarmentada, el gato escaldado, la del aprendizaje cruel y definitivo! Pero ¿era realmente un hombre el que la llevaba así, a su lado, con tanta caridad, con tanta consideración? No, hombre, no; era... un santo; un santo como los que se ven en los altares...

De pronto, el médico volteó el coche, emprendiendo la caminata en sentido opuesto.

-Estamos más cerca de mi casa que de Madrid... Urge curarle a usted ese brazo. Si llegamos a Madrid tarde, van a perderse horas... Es preciso que yo reconozca pronto esa fractura, y que la atendamos... Viene usted a mi casa, allí nada le faltará.

Y cuando hablaba así a una mujer, el escarmentado, el dolorido, el misógino, pensaba: "No es una mujer; es una víctima, una mártir..."

Y bajo la manta que les cubría y les prestaba calor y abrigo a medias, los efluvios de la juventud, la necesidad de querer, se insinuaban riéndose del escarmiento.

Las estrellas, más fulgentes a medida que la noche avanzaba, no se enterarían. ¡Están tan altas! ¡Tan distantes!